U0101121

歌的植物诗中

唐婷婷 —————【编著】

SHIGE

YU

KEPU

河海大学出版社
HOHAI UNIVERSITY PRESS

·南京·

图书在版编目（ＣＩＰ）数据

诗歌中的植物 / 唐婷婷编著. -- 南京 : 河海大学
出版社，2022.3（2023.5重印）
（诗歌与科普 / 何薇主编）
ISBN 978-7-5630-7426-6

Ⅰ．①诗… Ⅱ．①唐… Ⅲ．①古典诗歌－诗集－中国
②植物－普及读物 Ⅳ．①I222②Q94-49

中国版本图书馆CIP数据核字(2022)第008229号

丛 书 名 / 诗歌与科普
书　　　名 / 诗歌中的植物
　　　　　　SHIGE ZHONG DE ZHIWU
书　　　号 / ISBN 978-7-5630-7426-6
责任编辑 / 毛积孝
丛书主编 / 何　薇
特约编辑 / 方　璐
特约校对 / 朱阿祥
装帧设计 / 秦　强
出版发行 / 河海大学出版社
地　　　址 / 南京市西康路1号（邮编：210098）
电　　　话 / （025）83737852（总编室）
　　　　　　（025）83722833（营销部）
经　　　销 / 全国新华书店
印　　　刷 / 三河市元兴印务有限公司
开　　　本 / 880mm×1230mm　1/32
印　　　张 / 6.75
字　　　数 / 169千字
版　　　次 / 2022年3月第1版
印　　　次 / 2023年5月第2次印刷
定　　　价 / 49.80元

序

　　植物，百谷草木等的总称。植物生长在地球上，给这个世界增添了很多色彩，而人类生存在这个世界上更是离不开植物。自古以来，人类就依靠采集植物的果实、根、茎等来获取食物，用植物制造各种衣食住行所需要的材料、工具等，用植物治疗疾病……此外，植物还能美化人们的生存环境，开阔人们的眼界，陶冶人们的审美情操。

　　植物与人的关系如此亲密，它不仅为人提供了赖以生存的物质基础，也丰富了人的精神世界。古往今来，无数的文人墨客为植物留下了众多的诗篇，给我们带来诗意的感受、美的追求、情感的共鸣，给我们的精神世界带来了更多的美好。

　　在诗歌中，我们看到了植物优美的姿态、与自然的和谐相处。例如，诗中有"沾衣欲湿杏花雨，吹面不寒杨柳风"的惬意，有"疏影横斜水清浅，暗香浮动月黄昏"的清幽。

　　在诗歌中，我们看到了情感的美好。"红豆生南国，春来发几枝"，这是对恋人的相思；"遥知兄弟登高处，遍插茱萸少一人"，这是对亲人的怀念；"不知来岁牡丹时，再相逢何处"，这是对友人的不舍。

　　在诗歌中，植物不再局限于植物本身，它成了某种意象的代名词。菊花，让人想起了归隐山林的隐士，想起了"采菊东篱下，悠然见南山"；莲花，让人想起了高洁，想起了"出淤泥而不染，濯清涟而不妖"；芭蕉，让人想起了忧愁，想起了"深院锁黄昏，阵阵芭蕉雨"。在诗人的笔下，植物被赋予了各种象征意义，成了诗人们表达内心思想的媒介。

　　本书根据植物的特点分为木本植物、草本植物、藤本植物三个篇章，书中精选了很多与植物有关的诗词，在欣赏诗词的同时，还对植物进行了科普。希望读者能通过本书感受到诗词之美，同时对这些美丽的植物有更多的了解。

目录

目录

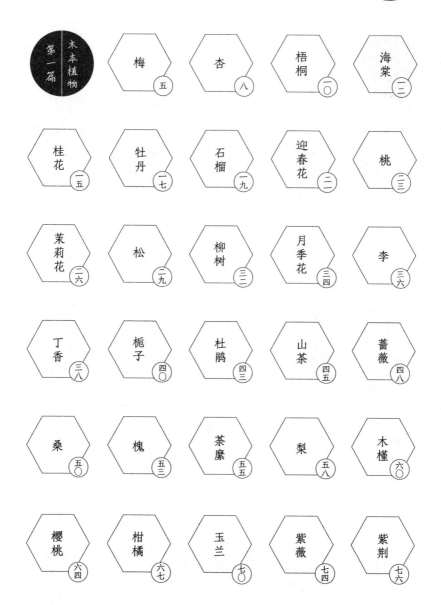

目录

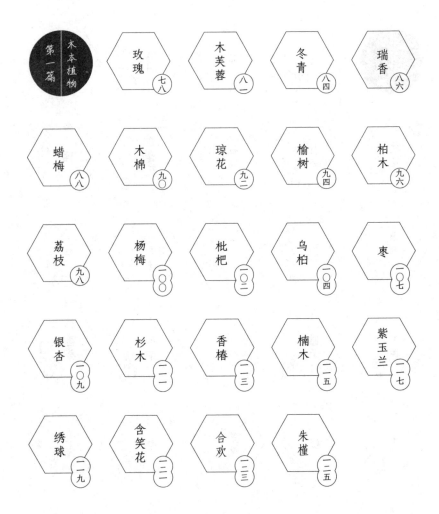

目录

目录

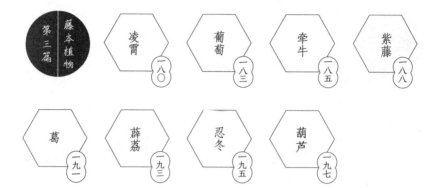

藤本

第一篇　木本植物

· MUBEN ZHIWU

:

卜算子·咏梅

〔宋〕陆游

驿外断桥边，寂寞开无主。已是黄昏独自愁，更著^[1]风和雨。无意苦争春，一任群芳^[2]妒。零落成泥碾作尘，只有香如故。

注释

[1] 著（zhuó）：遭受。
[2] 群芳：众花，这里喻指小人。

清平乐·年年雪里

〔宋〕李清照

年年雪里，常插梅花醉。捼[1]尽梅花无好意[2]，赢得满衣清泪。

今年海角天涯，萧萧[3]两鬓生华。看取晚来风势，故应难看梅花。

注释

[1] 捼（ruó）：揉搓。

[2] 无好意：心情不好。

[3] 萧萧：形容头发稀疏发白的样子。

◎梅

　　梅是蔷薇科杏属植物，品种多样，大多为小乔木，也有少部分灌木。梅的叶子呈卵形或椭圆形。梅花的花瓣呈倒卵形，有白色、粉红色、深红色等多种颜色，且散发着淡雅的清香，花期为冬、春两季，先于叶子开放。梅的果实叫梅子，形状近于球形，直径为2~3厘米，味酸，果期为5—6月，梅雨季节黄熟。

　　梅原产于中国南方，在中国已有三千多年的种植历史，《尚书》《诗经》等书中均有关于梅的记载。梅子在古代的主要作用是调味品。《尚书·说命下》云："若作和羹，尔惟盐梅。"《国风·召南·摽有梅》中也有"摽有梅，其实七兮"的诗句。

　　在中国传统文化中，梅代表着高洁、坚韧等美好的品质。因此，梅花与兰花、竹子、菊花一起被人们称为"四君子"。梅深受中国古代士大夫、文人的喜爱。这些爱梅之人也留下了很多流传至今的名诗佳句，如林逋的"疏影横斜水清浅，暗香浮动月黄昏"，卢梅坡的"梅须逊雪三分白，雪却输梅一段香"，陆游的"零落成泥碾作尘，只有香如故"，等等。

北陂[1] 杏花

〔宋〕王安石

一陂春水绕花身，花影妖娆各占春。
纵被春风吹作雪[2]，绝胜南陌[3] 碾成尘。

注释

[1] 陂（bēi）：池塘。
[2] 雪：指花瓣被春风吹下，如雪一般。
[3] 陌：田间东西方向的小路，泛指道路。

蝶恋花·花褪残红青杏小

〔宋〕苏轼

　　花褪残红 [1] 青杏 [2] 小。燕子飞时，绿水人家绕。枝上柳绵 [3] 吹又少，天涯何处无芳草。

　　墙里秋千墙外道。墙外行人，墙里佳人笑。笑渐不闻声渐悄，多情 [4] 却被无情 [5] 恼。

注释

[1] 花褪残红：指暮春时节杏花凋谢的时候。

[2] 青杏：杏子还没成熟。

[3] 柳绵：柳絮。

[4] 多情：指墙外行人。

[5] 无情：指墙内佳人。

◎杏

　　杏是蔷薇目蔷薇科落叶乔木。杏的树冠开展,树皮为灰褐色,单叶互生,叶片为宽卵形或椭圆形,基部为圆形或近心形。花单生,先于叶开放,花萼为圆筒形,花瓣为圆形或倒卵形,颜色为粉红色或白色。果实为圆形或长圆形,形状与桃相似,果肉为黄色,有果核。杏的花期在3—4月,果期在6—7月。

　　杏的果实酸甜味美,营养丰富,是一种常见的水果。除了果肉外,杏仁也是人们喜爱的食品。《齐民要术》中记载了"杏可为油","杏子人(仁)可以为粥"。此外,杏仁也是一种常见的中药材。

　　在中国的古典诗词中,有很多关于杏花的名句,如宋祁在《玉楼春·春景》中咏"绿杨烟外晓寒轻,红杏枝头春意闹";叶绍翁在《游园不值》中叹"春色满园关不住,一枝红杏出墙来";陆游在《临安春雨初霁》中言"小楼一夜听春雨,深巷明朝卖杏花"。在诗人的笔下,杏花常与春天紧密联系,被诗人或用以表达对春天到来的欣喜,或用以赞叹怡人的春色,或用以抒发对时光流逝的慨叹。

孤桐

〔宋〕王安石

天质自森森[1]，孤高几百寻[2]。
凌霄不屈己，得地本虚心。
岁[3]老根弥壮，阳骄叶更阴。
明时思解愠，愿斫五弦琴[4]。

注释

[1] 森森：形容树木茂盛的样子。

[2] 寻：古代的长度单位，一寻等于八尺。

[3] 岁：年。

[4] 明时思解愠，愿斫五弦琴：《乐府诗集》中《南风歌二首》记载："《古今乐录》曰：'舜弹五弦之琴，歌《南风》之诗。'""南风之薰兮，可以解吾民之愠兮。"桐木是制作古琴的好材料，此处指愿以桐木制作五弦琴，以解民众的怨恨。愠，怨恨；斫，砍、削。

◎梧桐

梧桐是梧桐科梧桐属落叶乔木。因梧桐树皮为青绿色，因此又名"青桐"。其叶子为心形，掌状分裂，裂片为三角形。梧桐的花是细小的花，形成圆锥花序，黄绿色，花期为6月。一般约到小暑节气前后，桐花落尽，生长出一簇簇的果实。这些果实在成熟前会开裂，生长出黄豆大小的种子，梧桐的果期在9—10月。

梧桐原产于中国，在中国有着悠久的栽种历史。传说，梧桐是凤凰的栖息之树，《诗经·卷阿》中记载："凤凰鸣矣，于彼高冈；梧桐生矣，于彼朝阳。"早在汉代时，梧桐已被种植于皇家官苑里。《西京杂记》中记载："上林苑桐三，椅桐、梧桐、荆桐。""五柞宫西有青梧观，观前有三梧桐树。"

此外，桐木还是制作古琴的绝佳材料。因此，又有"桐木瑶琴"的说法。

在中国的古诗词中，梧桐常被用来作为初秋意象的表达，多是一种感怀伤情的情绪抒发。如李白的《秋登宣城谢朓北楼》言"人烟寒橘柚，秋色老梧桐"；李清照的《声声慢》言"梧桐更兼细雨，到黄昏、点点滴滴"；李煜的《相见欢》言"无言独上西楼，月如钩。寂寞梧桐深院锁清秋"等等。

海棠

〔宋〕苏轼

东风袅袅[1] 泛崇光[2]，香雾空蒙[3] 月转廊。
只恐夜深花睡去[4]，故烧高烛照红妆[5]。

注释

[1] 袅袅：形容微风吹拂的样子。
[2] 崇光：指日渐温暖的春光。崇，增加。
[3] 空蒙：形容海棠花香气四溢。
[4] 花睡去：化用唐玄宗与杨贵妃故事，《太真外传》记载唐玄宗召杨贵妃相见，杨贵妃酒醉未醒，唐玄宗笑曰："岂是妃子醉，真海棠睡未足耳。"
[5] 红妆：用美女喻指海棠花。

◎海棠

　　海棠属于蔷薇科植物，有很多不同的品种，包括苹果属与木瓜属。在中国有"海棠四品"之说，包括西府海棠、垂丝海棠、贴梗海棠和木瓜海棠。

　　海棠花是海棠中的一种，为蔷薇科苹果属落叶乔木。它的树皮为灰褐色，小枝粗壮，或为红褐色，或为紫褐色。叶片为椭圆形或长椭圆形，单叶互生。花朵为近伞状花序，有花4~6朵，花瓣呈卵形，未开放时为玫瑰红色，开放后则是外面为粉红色，内里为白色，花期在4—5月。果实近球形，成熟时为黄色带有红晕，果期为8—9月。

　　海棠花作为一种雅俗共赏的观赏花木，有"国艳""花中神仙""花贵妃"等美称。中国历代文人骚客有很多题咏海棠的佳作。如晏殊在《诉衷情》中云"海棠珠缀一重重。清晓近帘栊。胭脂谁与匀淡，偏向脸边浓"；李清照在《如梦令》中言"试问卷帘人，却道海棠依旧"；杨万里在《海棠坞》中言"无人会得东风意，春色都将付海棠"等。

鹧鸪天·暗淡轻黄体性柔

〔宋〕李清照

　　暗淡轻黄体性柔，情疏[1]迹远只香留。何须浅碧深红色，自是花中第一流。

　　梅定妒，菊应羞，画阑开处冠中秋。 骚人[2]可煞无情思，何事当年不见秋？

注释

[1] 情疏：性情疏放，指隐士。
[2] 骚人：指屈原。

清平乐·忆吴江赏木樨 [1]

〔宋〕辛弃疾

　　少年痛饮，忆向吴江[2]醒。明月团团高树影，十里水沉[3]烟冷。
　　大都一点宫黄[4]，人间直恁芳芬。怕是秋天风露，染教世界
都香。

注释

[1] 木樨：又作"木犀"，是桂花的别名。
[2] 吴江：地名，今江苏吴江市。
[3] 水沉：沉香。
[4] 宫黄：古代女子化妆用的黄粉。此处指桂花的颜色。

◎桂花

桂花又名木犀，是木犀科木犀属常绿乔木或灌木，树皮粗糙，呈灰褐色。叶子为椭圆形、长椭圆形或椭圆状披针形，革质。花簇生，聚伞花序，形状小巧，花瓣有黄白色、淡黄色、黄色或橘红色，花香浓郁，花期为9—10月。果为椭圆形，歪斜，呈紫黑色，果期为翌年3月。

桂花的故乡在中国，它在中国已有两千五百多年的种植历史了。早在春秋战国时期，就有关于桂的记载，屈原的《楚辞·九歌》中就有"援北斗兮酌桂浆""辛夷车兮结桂旗"的描述。

在中国古代，人们总会将桂花与月亮联系在一起，农历的八月也被称为"桂月"。此外，民间还流传着"吴刚伐桂"的传说。人们也常将桂树视为成功的象征，于是，古代考中科举又有了"蟾宫折桂"的叫法。

除了众多的文化意象，桂花还有食用和药用的功能。它可以制成桂花酒、桂花茶、桂花糕等各种食品。

在中国古代诗词中，有很多咏桂的佳作。如白居易在《忆江南》中云："江南忆，最忆是杭州。山寺月中寻桂子，郡亭枕上看潮头。何日更重游？"李白在《咏桂》中云："安知南山桂，绿叶垂芳根。清阴亦可托，何惜树君园。"

赏牡丹

〔唐〕刘禹锡

庭前芍药妖[1]无格[2]，池上芙蕖[3]净少情。
唯有牡丹真国色[4]，花开时节动京城。

注释

[1] 妖：艳丽。

[2] 格：格调，风格。

[3] 芙蕖：指荷花。

[4] 国色：容貌出众、冠绝一国的女子。这里形容牡丹之美，后人常以"国色"代指牡丹。

◎牡丹

牡丹是芍药科芍药属落叶灌木。其茎可高达2米，分枝短而粗。牡丹的叶子通常为二回三出复叶，顶生小叶为宽卵形，侧生小叶为狭卵形或长圆状卵形。花单生枝顶，花为重瓣，倒卵形，颜色为玫瑰色、红紫色、粉红色至白色，花期为5月。果实为长圆形，密生黄褐色硬毛，果期在6月。

秦汉时的中医经典著作《神农本草经》中就有关于牡丹的记载："牡丹味辛寒，一名鹿韭，一名鼠姑，生山谷。"可见，牡丹不仅有悠久的种植历史，还具有药用价值。

牡丹在唐代时被皇家尊为"国花"，因此牡丹又被誉为"花中之王"，有繁荣昌盛、富贵吉祥的寓意。自唐以来，文人墨客咏牡丹的佳作举不胜举。白居易在《买花》中云"一丛深色花，十户中人赋"，可见牡丹在当时是多么珍贵。李白在《清平调·其三》中云"名花倾国两相欢，常得君王带笑看"，将牡丹与杨贵妃相提并论，赞二者皆是倾国之色。王维在《红牡丹》中云："绿艳闲且静，红衣浅复深。花心愁欲断，春色岂知心。"宋代诗人范成大在《再赋简养正》中云："一年春色摧残尽，更觅姚黄魏紫看。"这里的"姚黄""魏紫"皆是牡丹中的名品。

乌夜啼·石榴

〔宋〕刘铉

垂杨影里残红 [1]。甚匆匆。只有榴花、全不怨东风 [2]。
暮雨急。晓鸦湿。绿玲珑 [3]。比似茜裙 [4] 初染、一般同。

注释

[1] 残红：凋谢的花瓣。
[2] 东风：指春风，因榴花是入夏开花，此时众花凋零后，唯有榴花独自开放，因此"全不怨东风"。
[3] 玲珑：精巧的样子。
[4] 茜裙：红色的裙子。茜，茜草，根可作红色染料。此处用茜草形容榴花。

◎石榴

石榴是石榴科石榴属落叶乔木或灌木，高达3~5米，稀达10米。石榴树的老枝近圆柱形，幼枝有棱角，枝顶常成尖锐长刺。叶子通常对生，呈矩圆状披针形，叶柄较短。石榴花瓣较大，通常为红色或淡黄色，1~5朵生枝顶。果实近球形，直径5~12厘米，果皮厚，通常为淡黄褐色或淡黄绿色，内含众多种子，为乳白色或红色，可食用。花期在5—6月，果期在9—10月。

关于石榴的由来，晋代张华在《博物志》中云："张骞使西域，得安石国榴种以归，故名安石榴。"石榴的果实，味道甜美，营养丰富，是一种深受人们喜爱的水果。同时，石榴还有药用功能，《本草衍义》记载："惟酸石榴皮，合断下药，仍须老木所结，及收之陈久者佳。"

石榴传入中国后，在漫长的历史过程中，人们也赋予了石榴很多美好的寓意。人们常用石榴裙喻指女子。如梁元帝在《乌栖曲》中云："交龙成锦斗凤纹，芙蓉为带石榴裙。"在我国，石榴还有"多子多福"的寓意。此外，宋代人还用裂开的石榴果的种子数量来预测科举中榜人数，"榴实登科"便成了"金榜题名"的别称。

诗人们也非常喜爱歌咏石榴。如韩愈的《题张十一旅舍三咏·榴花》写道："五月榴花照眼明，枝间时见子初成。可怜此地无车马，颠倒青苔落绛英。"姜夔在《诉衷情·端午宿合路》中有"石榴一树浸溪红，零落小桥东"之句。明代朱之蕃在《榴火》中云"自抱赤衷迎晓日，应惭艳质媚春风"，赞扬了榴花的刚强正直，不媚春与不争春。

玩迎春花赠杨郎中

〔唐〕白居易

金英^[1]翠萼^[2]带春寒，黄色花中有几般。

凭君与^[3]向游人道，莫作蔓菁^[4]花眼看。

注释

[1] 金英：黄色的花。

[2] 萼：花萼，花托。

[3] 与：一作"语"。

[4] 蔓菁：蔬菜名，又叫"芜菁"。

◎迎春花

迎春花是木犀科素馨属落叶灌木。迎春花的枝条下垂，小枝无毛。叶为对生，三出复叶，小叶卵形或椭圆形。花朵先于叶开放，单生于小枝的叶腋，花冠为黄色，直径2~2.5厘米，有5~6枚裂片。

迎春花，又名金腰带，性耐寒，与梅花、水仙和山茶花被称为"雪中四友"。因其开花较早，不畏早春的料峭寒风，率先传递出春的消息，故名"迎春"。

宋人刘敞在《迎春花》中云："秾李繁桃刮眼明，东风先入九重城。黄花翠蔓无人愿，浪得迎春世上名。"也道出了"迎春"之名的由来。

白居易在《代迎春花招刘郎中》中亦有云："幸与松筠相近栽，不随桃李一时开。杏园岂敢妒君去，未有花时且看来。"

晏殊在《迎春花》中云："浅艳侔莺羽，纤条结兔丝。偏凌早春发，应诮众芳迟。"短短二十字，已写尽了迎春花的特点。

宋词中亦有咏迎春花的佳作，如赵师侠在《清平乐》中云："纤秾娇小，也解争春早。占得中央颜色好，装点枝枝新巧。东皇初到江城，殷勤先去迎春。乞与黄金腰带，压持红紫纷纷。"

江畔独步寻花七绝句·其五

〔唐〕杜甫

黄师塔[1]前江水东，春光懒困倚微风。
桃花一簇开无主[2]，可[3]爱深红爱浅红？

注释

[1] 黄师塔：指一座黄姓僧人之墓。据陆游《老学庵笔记》记载，蜀人称
僧为师，称僧墓为塔。
[2] 无主：没有主人。
[3] 可：究竟，到底。

◎桃

桃是蔷薇科桃属落叶乔木。桃树树皮为暗红褐色，老时有鳞片状树皮。小枝细长，为绿色，向阳处为红色。叶子为长圆披针形或倒卵状披针形，叶柄粗壮，叶边有细小锯齿。桃花先于桃叶开放，单生，直径在2.5~3.5厘米，花瓣为长圆状椭圆形及倒卵形，通常为粉红色。果实为卵形、宽椭圆或扁圆形，外面有一层短短的绒毛，果肉的色彩不一，有白色、橙黄色、红色等，其味甜或酸甜，内有椭圆形或近圆形大核。花期为3—4月，果期通常为8—9月。

桃原产于我国，《诗经·周南·桃夭》中就有"桃之夭夭，灼灼其华"的记载。桃子是一种美味的果实，具有丰富的营养价值。桃仁还是一味中药材，具有药用价值。此外，在中国传统文化中，桃有吉祥的象征含义。如寿桃代表了长寿，桃木、桃符可以驱邪避凶。

在中国古诗词中，也有很多关于桃的名作。因陶渊明的《桃花源记》一文，桃花便有了隐逸山林、向往理想生活的代表意义。如李白的《桃源》："露暗烟浓草色新，一番流水满溪春。可怜渔父重来访，只见桃花不见人。"

同时，桃花也常见于诗人们歌咏春天的诗篇中。如白居易的《大林寺桃花》中有"人间四月芳菲尽，山寺桃花始盛开"之句；苏轼的"竹外桃花三两枝，春江水暖鸭先知"之句等。

除此之外，还有很多关于桃花的诗词表达了诗人们心中的愁绪、思念等情感。如刘禹锡的《竹枝词》："山桃红花满上头，蜀江春水拍山流。花红易衰似郎意，水流无限似侬愁。"崔护的《题都城南庄》："去年今日此门中，人面桃花相映红。人面不知何处去，桃花依旧笑春风。"

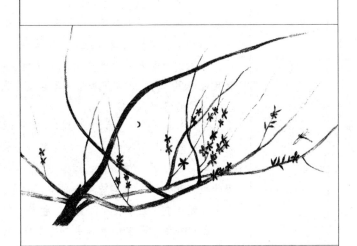

素描——山桃花

黄师塔前江水东，春光懒困倚微风。
桃花一簇开无主，可爱深红爱浅红？

——〔唐〕杜甫

小重山·茉莉

〔宋〕辛弃疾

倩得薰风染绿衣。国香收不起，透冰肌。略开些个^[1]未多时。窗儿外，却早被人知。

越惜越娇痴。一枝云鬓上，那人宜。莫将他去比荼蘼，分明是，他更韵^[2]些儿。

注释

[1] 些个：一作"些子"。

[2] 更韵：一作"更的"。

◎茉莉花

茉莉花是木犀科素馨属直立或攀缘灌木。茉莉花的高度可达3米，小枝为圆柱形或稍压扁状。叶子为对生，单片，呈圆形、椭圆形、卵状椭圆形或倒卵形。花为聚伞花序顶生，一般为3朵，花瓣为白色，裂片为长圆形至近圆形，花期为5—8月。果实为球形，直径约1厘米，果期为7—9月。

茉莉花并非原产于我国。李时珍在《本草纲目》中记载："茉莉原出波斯，移植南海，今滇、广人栽莳之。"

茉莉花是一种香味浓郁的花，可作为花茶原料或香精原料，茉莉花茶是一种非常受欢迎的绿茶。《本草纲目》中记载："花气味辛热无毒，蒸油取液，作面脂，头泽长发，润燥香肌。"可见，茉莉还有护肤与护发的功能。

此外，茉莉还具有药用功能，茉莉的根、叶、花皆可入药。《本草再新》中记载，茉莉花可以"解清座火，去寒积，治疮毒，消疽瘤"。不过，据《本草纲目》记载，茉莉的根是有毒的，适量用还有麻醉的效果。《本草纲目》中云："根气味热有毒，以酒磨一寸服，则昏迷一日乃醒；二寸二日，三寸三日；凡跌损骨节脱白，接骨用此，则不知痛也。"

茉莉因其素雅可爱的外形与浓郁芬芳的香味，深受古代女子们的喜爱，常把它簪于头发上。同时，它也受到了众多文人墨客的喜爱。如江奎有诗《茉莉》云："虽无艳态惊群目，幸有清香压九秋。应是仙娥宴归去，醉来掉下玉搔头。"杨万里在其诗《茉莉》中云："茉莉独立更幽佳,龙涎避香雪避花。"姚述尧有《行香子·茉莉花》云:"天赋仙姿,玉骨冰肌。向炎威、独逞芳菲。轻盈雅淡,初出香闺。是水宫仙,月宫子,汉宫妃。清夸蒼卜,韵胜酴醿。笑江梅、雪里开迟。香风轻度,翠叶柔枝。与玉郎摘,美人戴,总相宜。"

素描—茉莉

倩得薰风染绿衣。
国香收不起,透冰肌。

————〔宋〕辛弃疾

题净众寺古松

〔唐〕崔涂

百尺森疏 [1] 倚梵台 [2]，昔人谁见此初栽。
故园未有偏堪恋，浮世如闲即合来。
天暝 [3] 岂分苍翠色，岁寒应识栋梁材。
清阴可惜不驻得 [4]，归去暮城空首回。

注释

[1] 森疏：形容树木茂盛的样子。
[2] 梵台：寺庙中高而平的建筑物。
[3] 暝：昏暗。
[4] 清阴可惜不驻得：一作"清阴可嗟住不得"。

◎松

　　松树是松科松属常绿乔木，稀为灌木状。我国松树种类繁多，遍布全国。通常来说，松树为轮状分枝，且多为长枝。松叶为针形或条形，常2~5针为一束。松树是雌雄同株植物，雄球花生于新枝下部的苞片腋部，雌球花单生或2~4个生于新枝近顶端。小球果于次年春季长大，直立或下垂，大多秋季时成熟，成熟时鳞片会张开，种子脱落。

　　松树具有很多功能，不仅可以造林、绿化，松树的木材还可以作为多种建筑、桥梁、舟车、工具、家具的材料。因此，崔涂在《题净众寺古松》中将松称为"栋梁材"。除此之外，松脂还具有药用功能，有些松树的种子还可以食用。

　　松树在我国有着悠久的种植历史，在《汉书·贾山传》中便记载了秦朝时期在全国修驰道，"道广五十步，三丈而树，厚筑其外，隐以金椎，树以青松"。松树也是一种非常长寿的树种，我国九华山有一株凤凰松，已有一千四百余年的历史，黄山的迎客松也已有八百余年的历史。因此，人们常用松树代表长寿。

　　我国歌咏松树的诗词作品也有很多，诗人们爱松之苍劲挺拔，亦爱松的气节与品质。如白居易的《松声》诗云："月好好独坐，双松在前轩。西南微风来，潜入枝叶间。"岑参在《感遇》中云："君不见拂云百丈青松柯，纵使秋风无奈何。"李白在《古风·其十二》中云："松柏本孤直，难为桃李颜。"

洞仙歌·咏柳

〔宋〕苏轼

　　江南腊尽 [1]，早梅花开后。分付新春与垂柳 [2]。细腰肢 [3]、自有入格风流，仍更是，骨体清英雅秀。

　　永丰坊 [4] 那畔，尽日无人，谁见金丝 [5] 弄晴昼。断肠是飞絮时，绿叶成阴，无个事、一成消瘦。又莫是东风逐君来，便吹散眉间，一点春皱。

注释

[1] 腊尽：岁末。

[2] 分付新春与垂柳：将春天托付给垂柳。分付，托付。

[3] 细腰肢：以女子的腰肢形容垂柳。杜甫在《绝句漫兴九首·其一》中有"隔户垂杨弱袅袅，恰似十五女儿腰"之句。

[4] 永丰坊：地名，位于唐代东都洛阳。

[5] 金丝：柳枝，柳丝。

画堂春·东风吹柳日初长

〔宋〕秦观

东风吹柳日初长 [1]，雨余芳草斜阳。杏花零落燕泥香，睡损红妆。

宝篆 [2] 烟消龙凤，画屏云锁潇湘。夜寒微透薄罗裳，无限思量。

注释

[1] 日初长：白昼开始越来越长。
[2] 宝篆：篆香，盘香。

◎柳树

柳树是杨柳科柳属植物，种类繁多，多为乔木，也有少量灌木。柳树的树枝为圆柱形，叶子大多为互生，形状狭而长，多为披针形。柳花为葇荑花序，一般先于叶子开放，或与叶同时开放，也有少部分后于叶子开放的。果实为2瓣裂，种子较小，多为暗褐色。

柳树在我国先秦时已经种植了，《诗经》中有"昔我往矣，杨柳依依。今我来思，雨雪霏霏"之句。柳树多喜潮湿，故多生于水边，亦可生于庭院中，常用于园林观赏。

我国古代的文人中有众多的爱柳之士，如东晋的田园诗人陶渊明，因他的院中种了五棵柳树，故自号"五柳先生"。

在我国的文学作品中，柳树出现的频率非常高。诗人们常用"柳"来表达送别、挽留、不舍之意。如柳永在《雨霖铃》中云"多情自古伤离别，更那堪、冷落清秋节。今宵酒醒何处？杨柳岸、晓风残月"，道尽了离别后的思念之苦。诗人们还常用柳来表达思乡之情，如李白在《春夜洛城闻笛》中的"此夜曲中闻折柳，何人不起故园情"。此外，柳还常用来比喻女子的美丽，如白居易形容家妓小蛮为"杨柳小蛮腰"，在《长恨歌》中用"芙蓉如面柳如眉"来形容女子眉似柳叶。

朝中措·月季

〔宋〕赵师侠

　　开随律[1]琯[2]度芳辰。鲜艳见天真。不比浮花浪蕊，天教月月常新。

　　蔷薇颜色，玫瑰态度，宝相[3]精神。休数岁时月季，仙家栏槛长春。

注释

[1] 律：古代用以定音或占验节气变化的竹管、玉管或铜管。

[2] 琯：乐器名，即玉管。

[3] 宝相：花名，蔷薇花的一种。

◎月季花

月季花是蔷薇科蔷薇属植物。月季花是直立灌木，高度达1~2米。小枝为圆柱形，较粗壮，有粗短的钩状皮刺或无刺。连叶柄有5~11厘米长，有小叶3~7片，小叶为宽卵形至卵状长圆形。花通常为几朵集生，直径4~5厘米，花瓣为重瓣或半重瓣，倒卵形，颜色有红色、粉红色、白色等。果卵为球形或梨形，长1~2厘米，成熟时为红色。月季的花期为4—9月，果期为6—11月。

月季花品种繁多，中国是月季的原产地之一，在全国各地都有普遍栽种。李时珍在《本草纲目》中有关于月季花的记载，也言明了它的药用功能。

明代学者王象晋的《群芳谱》中记载："月季一名长春花，一名月月红。"顾名思义，月季花有四季常开的特征，历来为中国的文人墨客所喜爱，在他们的诗词中也多有体现。如韩琦在《中书东厅十咏·四季》中云："牡丹殊绝委春风，露菊萧疏怨晚丛。何似此花荣艳足，四时长放浅深红。"杨万里在《腊前月季》中有"只道花无十日红，此花无日不春风"之句。明代的张新在《月季花》中云："惟有此花开不厌，一年长占四时春。"

李花

〔唐〕李商隐

李径独来数 [1]，愁情相与悬 [2]。
自明无月夜，强笑欲风天。
减粉与园箨 [3]，分香沾 [4] 渚 [5] 莲。
徐妃 [6] 久已嫁，犹自玉为钿。

注释

[1] 数：数次，屡次。
[2] 悬：牵挂，牵缠。
[3] 箨（tuò）：竹笋皮，笋壳。
[4] 沾：一作"活"。
[5] 渚（zhǔ）：水中小洲。
[6] 徐妃：指南朝梁元帝妃，姓徐，名昭佩。《南史·梁元帝徐妃》记载："妃以帝眇一目，每知帝将至，必为半面妆以俟，帝见则大怒而出。"

◎李

　　李是蔷薇科李属落叶乔木。李树的树冠为广圆形，树皮呈灰褐色，老枝为紫褐色或红褐色，小枝为黄红色。李的叶子为长圆倒卵形、长椭圆形，也有少数为长圆卵形。李花通常3朵并生，直径1.5~2.2厘米，花瓣为长圆倒卵形，白色。果实为球形、卵球形或近圆锥形，直径3.5~5厘米。李树花期为4月，果期为7—8月。

　　李树在我国的种植历史可以追溯到先秦，《诗经》中就有关于李的记载，《诗经·召南·何彼秾矣》中有"何彼秾矣？华如桃李"之句，《诗经·大雅·抑》中有"投我以桃，报之以李"之句。

　　在我国的传统文化中，桃与李似乎总是有着不解之缘，人们常常将二者相提并论。如用"桃李满天下"来形容老师拥有众多优秀的学生；"桃李不言，下自成蹊"表示品德高尚的人，自然能受到他人的尊重与敬仰；用"李代桃僵"比喻代人受过；用"投桃报李"代表礼尚往来的社交文化。

　　在古诗词中，诗人们也常爱将桃与李联系在一起。如苏轼的《如梦令·春思》中有"手种堂前桃李，无限绿阴青子"之句；辛弃疾在《鹧鸪天》中云："城中桃李愁风雨，春在溪头野荠花。"

　　同时，李花因其洁白素雅，成了一些诗人的心中所爱。如韩愈在《李花赠张十一署》中云："君知此处花何似？白花倒烛天夜明。"秦观在《行香子》中云："小园几许，收尽春光。有桃花红，李花白，菜花黄。"

江头四咏·丁香

〔唐〕杜甫

丁香体柔弱，乱结[1]枝犹垫。
细叶带浮毛，疏花披素艳。
深栽小斋后，庶近[2]幽人[3]占。
晚堕兰麝中，休怀粉身念。

注释

[1] 乱结：指丁香的枝条交错生长。

[2] 近：一作"使"。

[3] 幽人：隐士，诗人这里以幽人自比。

○丁香

丁香是木犀科丁香属落叶灌木或小乔。小枝为近圆柱形或带四棱形。叶子有对生、单生，也有少数复叶。花为聚伞花序或圆锥花序，花朵顶生或侧生，花冠漏斗状，有4枚裂片，花朵较细小，多为紫色或白色。果实为蒴果，微扁。

丁香的枝叶繁茂，花色淡雅而清香，是珍贵的园林观赏植物。很多种类丁香的花是配置香料的良好原料。

在中国的诗歌中有很多关于丁香的作品，丁香在诗词中也代表着很多不同的意象。

诗人们常借丁香表达其志向或品质。如杜甫《江头四咏·丁香》中的"晚堕兰麝中，休怀粉身念"之句，宋代诗人王十朋《点绛唇》中的"素香柔树。雅称幽人趣"之句。

文人们还常以"丁香结"表达忧愁、幽怨的情感，或象征爱情的忠贞。如柳永的《西施·自从回步百花桥》中写道："要识愁肠，但看丁香树，渐结尽春梢。"以及唐代毛文锡在《中兴乐》中的"豆蔻花繁烟艳深，丁香软结同心"之句。

丁香还可抒发诗人的人生感慨。如陆龟蒙在《丁香》中云："殷勤解却丁香结，纵放繁枝散诞春。"表达了渴望被赏识、重用的心志。

丁香在诗词中还可用来比喻美人。最有代表性的是现代诗歌戴望舒的《雨巷》："我希望逢着/一个丁香一样的/结着愁怨的姑娘。"

江头四咏·栀子

〔唐〕杜甫

栀子比众木，人间诚未多。
于身色有用 [1]，与道气伤和 [2]。
红取风霜实，青看雨露柯。
无情移得汝，贵在映江波 [3]。

注释

[1] 于身色有用：《九家集注杜诗》赵彦材注："蜀人取其色以染帛与纸，故云'色有用'。"

[2] 与道气伤和：伤，一作"相"。朱鹤龄注："其性大寒，食之伤气，故云'伤和'。或曰：《本草》称栀子治五内邪气、胃中热气，其能理气明矣。此颂栀子之功也，作气相和亦是。"

[3] 无情移得汝，贵在映江波：谢朓在《咏墙北栀子》中有"还思照绿水，君阶无曲池"之句。萧纲在《咏栀子花》中云："素华偏可喜，的的半临池。"《九家》赵彦材注："（萧纲）则因谢朓无曲池为叹，而自言其的的然有池之可临矣。公今云无情移汝于它处，贵在映江波，则又以有江波之可映，盖又胜于临池者乎？"

◎栀子

栀子是茜草科栀子属常绿灌木，高0.3~3米。栀子的树枝为灰色，圆柱形。叶子为对生，通常为长圆状披针形、倒卵状长圆形、倒卵形或椭圆形。花通常单朵生于枝顶，花瓣有5~8片，通常为6片，白色或乳黄色，花冠为高脚碟状，气味十分芳香。种子多数，扁，近圆形而稍有棱角。栀子的花期为3—7月，果期为5月至翌年2月。

从功能上看，栀子不仅具有园林观赏的功能，还具有药用、食用、染色等功能。在《神农本草经》《本草纲目》等医学著作中皆有关于栀子入药的记载。栀子花芳香细嫩，不仅可以制作花茶，还可以食用。栀子的果实还可作黄色染料，《汉官仪》中记载："染园出卮茜，供染御服。"

栀子因花色洁白，芳香馥郁，深受古代文人们的喜爱。刘禹锡在《和令狐相公咏栀子花》中赞栀子"色疑琼树倚，香似玉京来"。杨万里在《栀子花》中亦云："孤姿妍外净，幽馥暑中寒。"

此外，在中国的古诗词中，还常将栀子与"同心"联系起来，表达男女永结同心之意。如唐代诗人唐彦谦在《离鸾》中有"庭前佳树名栀子，试结同心寄谢娘"之句；宋代词人赵彦端在《清平乐·席上赠人》中云："与我同心栀子，报君百结丁香。"

净兴寺杜鹃一枝繁艳无比

〔唐〕韩偓

一园红艳醉[1]坡陀[2]，自地[3]连梢簇蒨罗[4]。
蜀魄[5]未归长滴血，只应偏滴此丛多。

注释

[1] 醉：因杜鹃花红艳之状犹如酒醉一般，故以醉形容杜鹃花。
[2] 坡陀：原意为形容山势起伏的样子，此处指杜鹃花开遍起伏的园地。
[3] 地：一作"蒂"。
[4] 蒨罗：红色的罗裙，此处以蒨罗比喻杜鹃花。
[5] 蜀魄：指杜鹃鸟，又称杜宇、子规鸟。白居易《琵琶行》中有"杜鹃啼血猿哀鸣"之句，此处以杜鹃啼血比喻杜鹃花之红艳。

江上逢故人

〔唐〕韦庄

前年送我曲江西，红杏园中醉似泥。

今日逢君越溪上，杜鹃花发鹧鸪啼。

来时旧里人谁在，别后沧波 [1] 路几迷。

江畔玉楼 [2] 多美酒，仲宣怀土莫凄凄 [3]。

注释

[1] 沧波：碧波。

[2] 玉楼：对楼阁的美称。

[3] 凄凄：形容悲凉的样子。

◎杜鹃

　　杜鹃是杜鹃花科杜鹃属落叶灌木。杜鹃的分枝多而纤细，叶子为卵形、椭圆状卵形等，常集生于枝端。杜鹃的花冠为阔漏斗形，有玫瑰色、鲜红色或暗红色等，花瓣多为5片，倒卵形。蒴果为卵球形，长约1厘米。杜鹃的花期为4—5月，果期为6—8月。

　　杜鹃花又名"映山红"，常生长于野外山间，开花时，极为红艳烂漫，是一种著名的观赏性花卉，也是中国的十大名花之一。我国关于杜鹃花的记载，可追溯至汉代的《神农本草经》，其中有"羊踯躅"的记载，羊踯躅即是杜鹃花的一种。杜鹃花在医学典籍中，属于毒草，不过有些品种的杜鹃花经过处理后，还可以入药。

　　传说杜鹃花之名源自杜鹃鸟，只因杜鹃啼血滴到了杜鹃花上，将杜鹃花染红了，于是此花便有了"杜鹃"之名。因此，古代的文人墨客们总爱将杜鹃花与杜鹃鸟联系起来。而杜鹃鸟又名子规，在诗词中常表悲苦哀怨或思归的意象。

　　如唐代的成彦雄在《杜鹃花》中云："杜鹃花与鸟，怨艳两何赊。疑是口中血，滴成枝上花。"韦庄在《江上逢故人》中有"今日逢君越溪上，杜鹃花发鹧鸪啼"之句。晏几道在《鹧鸪天》中有"陌上濛濛残絮飞，杜鹃花里杜鹃啼"之句。

添字浣溪沙·酒面 [1] 低迷 [2] 翠被 [3] 重

〔宋〕辛弃疾

与客赏山茶，一朵忽堕地，戏作。

酒面低迷翠被重，黄昏院落月朦胧。堕髻啼妆孙寿醉，泥秦官 [4]。

试问花留春几日，略无人管雨和风。瞥向绿珠 [5] 楼下见，坠残红。

注释

[1] 酒面：酒后面色酡红，喻指茶花。

[2] 低迷：模糊。

[3] 翠被：喻指绿叶。

[4] 堕髻啼妆孙寿醉，泥秦官：《后汉书·梁冀传》："封冀妻孙寿为襄城君。……寿色美而善为妖态，作愁眉啼妆、堕马髻、折腰步、龋齿笑，以为媚惑。冀亦改易舆服之制。……冀爱监奴秦宫，官至太仓令，得出入寿所。寿见宫辄屏御者，托以言事，因与私焉。"

[5] 绿珠：《晋书·石崇传》："崇有妓曰绿珠，美而艳，善吹笛。孙秀使人求之崇勃然曰：'绿珠，吾所爱，不可得也。'秀怒，矫诏收崇。崇正宴于楼上，介士到门，崇谓绿珠曰：'我今为尔得罪。'绿珠泣曰：'当效死于官前。'因自投于楼下而死。"

| ◎山茶 | 　　山茶是山茶科山茶属灌木或小乔木，高可达9米。叶子为椭圆形，长5~10厘米，宽2.5~5厘米。花为顶生，花瓣6~7片，红色。蒴果为圆球形，直径2.5~3厘米。花期为1—4月。 |

　　山茶花又名茶花、曼陀罗，在我国各地广泛种植。山茶种类繁多，有很多不同的颜色，最常见的为红色和白色。山茶树姿态优美，花色娇艳，具有极高的欣赏价值，可作为绿化植物或庭院景观植物。同时，山茶花还具有药用价值。李时珍在《本草纲目》中就有"汤火伤灼，研末，麻油调涂"的记载，可见山茶花具有治疗烫伤的功效。

　　山茶花相对于百花来说，最大的特点是花期较长，跨越冬春两季，较耐寒。李渔在《闲情偶寄》中说道："花之最能持久，愈开愈盛者，山茶、石榴是也。然石榴之久，犹不及山茶；榴叶经霜即脱，山茶戴雪而荣。则是此花也者，具松柏之骨，挟桃李之姿，历春夏秋冬如一日，殆草木而神仙者乎？"

　　因此在古诗词中，有很多歌咏山茶花耐久、耐寒、傲骨的作品。如陆游在《山茶》中云："唯有山茶偏耐久，绿丛又放数枝红。"清代刘灏亦有《山茶》诗云："凌寒强比松筠秀，吐艳空惊岁月非。冰雪纷纭真性在，根株老大众园稀。"明代的沈周在《红山茶》中云："老叶经寒壮岁华，猩红点点雪中葩。愿希葵藿倾忠胆，岂是争妍富贵家。"

　　此外，由于山茶花红艳娇媚，诗人们还爱以山茶

◎山茶	与美人相比。如辛弃疾在《添字浣溪沙·酒面低迷翠被重》中就是以孙寿、绿珠来形容山茶花。明人张新在《杨妃茶》中云："曾将倾国比名花,别有轻红晕脸霞。自是太真多异色,品题兼得重山茶。"将山茶与杨贵妃相比。

蔷薇

〔唐〕陆龟蒙

倚墙当户自横陈[1]，致得[2]贫家似不贫。

外布芳菲虽笑日[3]，中含芒刺欲伤人。

清香往往生遥吹[4]，狂蔓看看及四邻。

遇有客来堪玩处，一端晴绮[5]照烟新。

注释

[1] 横陈：形容枝蔓横斜状。

[2] 致得：使得。

[3] 笑日：向阳而笑。

[4] 遥吹：远风。

[5] 晴绮：形容阳光照耀下的蔷薇，如罗绮般鲜丽。

◎蔷薇

蔷薇是蔷薇科蔷薇属攀缘灌木。蔷薇是一个属概念，是蔷薇属部分植物的通称。在《中国植物志》中提到，我国常见的、具有代表性的蔷薇是"野蔷薇"。蔷薇的茎有皮刺，叶为互生，小叶片为倒卵形、长圆形或卵形。蔷薇花通常为圆锥状花序，花多朵，花瓣有红色、黄色、白色等多种颜色。果实近球形，有光泽。

李渔在《闲情偶寄》中说："结屏之花，蔷薇居首。"蔷薇作为攀缘灌木，其枝干可依架攀附成各种形态。花开时，颜色鲜艳，气味芬芳，是一种极具观赏性的植物。另外，蔷薇还可入药，在《本草纲目》中就有蔷薇入药的记载。

蔷薇在中国古代文人中，也是一种非常受欢迎的植物，关于蔷薇的诗作亦数不胜数。如唐代高骈在《山亭夏日》中云："水晶帘动微风起，满架蔷薇一院香。"赞美了蔷薇的姿态美与芳香。宋代方回在《红蔷薇花》中言："虽然面似佳人笑，满体锋铓解刺人。"赞蔷薇的自有锋芒。唐代刘禹锡在《和牛相公游南庄醉后寓言戏赠乐天兼见示》中云："蔷薇乱发多临水，鸂鶒双游不避船。"这里赞颂了生长于野外的蔷薇，充满了野趣，自由生长。

归园田居五首·其二

〔魏晋〕陶渊明

野外罕人事[1]，穷[2]巷寡轮鞅[3]。
白日掩荆扉[4]，虚室绝尘想[5]。
时复墟曲[6]中，披草[7]共来往。
相见无杂言，但道桑麻长。
桑麻日已长，我土日已广。
常恐霜霰[8]至，零落同草莽。

注释

[1] 人事：指世俗的交往与应酬。
[2] 穷：偏僻。
[3] 轮鞅：车马。鞅，马拉车时套在马脖子上的皮带。
[4] 荆扉：柴门。
[5] 尘想：世俗的杂念。
[6] 墟曲：偏僻的村落。
[7] 披草：拨开草丛。
[8] 霰：小雪珠。

◎桑

　　桑是桑科桑属乔木或灌木，高可达3~10米，甚至更高。桑树树皮为灰色，较厚，小枝有细毛。桑叶为卵形或广卵形，表面鲜绿色，无毛，背面有疏毛。花雌雄异株，莱荑花序，与叶同时生。果实称为桑椹，为聚花果，卵状椭圆形，1~2.5厘米长，桑椹成熟时呈红色或暗紫色。桑树的花期为4—5月，果期为5—8月。

　　桑原产自我国，有着悠久的种植历史。商代的甲骨文中就有"桑"的象形文字，《诗经》中就有"维桑与梓，毕恭敬止""十亩之间兮，桑者闲闲兮"等关于桑的诗句。

　　桑树有很多的功能。其一，桑椹多汁味甜，营养丰富，是一道美味的果品；其二，桑树的果实、皮、根、叶子皆可入药，具有药用功能；其三，桑叶是养蚕的主要饲料，是古代丝织业发展不可缺少的一环；其四，桑树的木材可以用来制作家具、乐器、雕刻等；其五，桑树适应性强，具有绿化和观赏的功能。

　　在中国古诗词中，桑代表了很多的意象。首先，桑是田园、农业生活的代表。如陶渊明在《归园田居·其一》中的"狗吠深巷中，鸡鸣桑树巅"之句，以及《归园田居·其三》中的"相见无杂言，但道桑麻长"之句。还有孟浩然在《过故人庄》中的"开轩面场圃，把酒话桑麻"之句。

　　其次，男耕女织是我国古代的主要农业生产方式，因此，采桑女便成了女性的代名词，她们勤劳、坚韧，

◎桑	又美丽、多情。如唐彦谦在《采桑女》中云："侵晨采桑谁家女，手挽长条泪如雨。"欧阳修在《渔家傲》中的"南陌采桑何窈窕"之句。李白在《春思》中云："燕草如碧丝，秦桑低绿枝。当君怀归日，是妾断肠时。"

另外，《诗经·小雅·小弁》中有一句"维桑与梓，必恭敬止"。因此后人常用"桑梓"代表故乡。如蔡琰在《胡笳十八拍》中云："生仍冀得兮归桑梓，死当埋骨兮长已矣。"陆机在《百年歌》中云："辞官致禄归桑梓。" |

拟咏怀二十七首·其二十一

〔南北朝〕庾信

倏忽^[1]市朝变，苍茫人事非。
避谗应采葛^[2]，忘情遂食薇^[3]。
怀愁正摇落^[4]，中心怆^[5]有违。
独怜生意^[6]尽，空惊槐树衰^[7]。

注释

[1] 倏（shū）忽：转眼之间，极快。
[2] 采葛：畏惧、避免谗言。《诗·王风·采葛》序："《采葛》，惧谗也。"
[3] 食薇：借指隐居。《史记·伯夷列传》载：伯夷、叔齐"义不食周粟"，隐于首阳山，采薇而食，后饿死于首阳山。
[4] 摇落：凋谢。此处比喻年事已衰。
[5] 怆：悲伤。
[6] 生意：生机，活力。
[7] 槐树衰：慨叹昔盛今衰。南朝宋刘义庆《世说新语·黜免》："桓玄败后，殷仲文还为大司马咨议，意似二三，非复往日。大司马府厅前有一老槐，甚扶疏。殷因月朔，与众在厅，视槐良久，叹曰：槐树婆娑，无复生意。"

◎槐

槐是豆科槐属乔木，树型高大，可达25米。槐树的叶子为羽状复叶，小叶4~7对，对生或近互生，形状为卵状披针形或卵状长圆形。槐花为圆锥花序顶生，长达30厘米，花瓣多为淡黄色、白色。荚果为串珠状，长2.5~5厘米或稍长，有肉质果皮，内有1~6粒种子，成熟后不开裂，种子为卵球形。槐树的花期为7—8月，果期为8—10月。

从功能上看，槐树的树冠优美，枝叶茂密，花芳香，是一种优良的行道树和蜜源植物。槐树的花、果、叶、根、皮皆可入药，具有药用价值。槐树的木材可作建筑、船舶、车辆等用。此外，干燥的槐树花蕾和新鲜的枝叶还可以用来染色。

槐树又名国槐，在我国有着悠久的种植历史。《周礼》记载："面三槐，三公位焉。"因此，后世便以"三槐"指代三公或位高权重的高官。如宋代诗人刘克庄在《甲辰书事二首》中言："草茅匹士谋身拙，槐棘诸公议法平。"以及洪皓《咏槐》中的"三槐只许三公面，作记名堂有几家"，便是此意。

槐树枝叶繁茂，冠如华盖，深受古代文人们的喜爱，留下了很多的诗篇。如魏晋繁钦的《槐树诗》："嘉树吐翠叶，列在双阙涯。猗旎随风动，柔色纷陆离。"白居易在《暮立》中云："黄昏独立佛堂前，满地槐花满树蝉。"岑参在《与高适薛据登慈恩寺浮图》中云："青槐夹驰道，宫馆何玲珑。"

玲珑四犯·被召赋荼蘼

〔宋〕曹邍

　　一架幽芳，自过了梅花，独占清绝。露叶檀心 [1]，香满万条晴雪 [2]。肌素净洗铅华，似弄玉、乍离瑶阙。看翠蛟、白凤飞舞，不管暮烟啼鴂 [3]。

　　酒 [4] 中风格天然别。记唐宫、赐樽芳洌。玉蕤 [5] 唤得余春住，犹醉迷飞蝶。天气乍雨乍晴，长是伴、牡丹时节。夜散琼楼宴，金铺 [6] 深掩，一庭香月。

注释

[1] 檀心：浅红色的花蕊。檀，浅红色。
[2] 晴雪：指花的颜色洁白如雪。
[3] 鴂：杜鹃鸟。
[4] 酒：荼蘼酒。
[5] 玉蕤：指荼蘼花。
[6] 金铺：原意为门饰，此处借指门。

◎茶蘼

　　根据《中国植物志》记载，茶蘼花又名重瓣空心泡，是蔷薇科悬钩子属空心泡的变种。茶蘼为直立或攀缘灌木，高2~3米。小枝为圆柱形，小叶5~7枚，为卵状披针形或披针形。花重瓣，白色，直径3~5厘米，有芳香。果实为卵球形或长圆状卵球形，红色，有光泽。茶蘼花的花期为3—5月，果期为6—7月。

　　茶蘼在古代又称"酴醾"。从功能上看，茶蘼可以制作成茶蘼酒。如曹勋的《玲珑四犯·被召赋茶蘼》中有"酒中风格天然别。记唐宫、赐樽芳冽"之句。杨万里在《酴醾》中有"以酒为名却谤他，冰为肌骨月为家"之句。清代褚人获《坚瓠续集》中有一篇名为《酴醾露》，说茶蘼花上凝结的露水"琼瑶晶莹，芬芳袭人，若甘露焉，夷女以泽体腻发，香味经月不灭"。这也算是早期的香水了。

　　由于茶蘼的花期在春末夏初，因此在唐诗宋词中，茶蘼常常用来喻示着花季已尽，春已逝去，亦可表示情感的结束。如宋代诗人王淇的《春暮游小园》中有一句著名的"开到茶蘼花事了，丝丝夭棘出莓墙。"还有宋代女词人吴淑姬在《小重山》中云："谢了茶蘼春事休。无多花片子，缀枝头。"苏东坡在《杜沂游武昌以酴醾花菩萨泉见饷二首（其一）》中的"酴醾不争春，寂寞开最晚"之句等。

东栏梨花 [1]

〔宋〕苏轼

梨花淡白柳深青，柳絮飞时花满城。

惆怅 [2] 东栏一株雪 [3]，人生看得几清明 [4]！

注释

[1]《东栏梨花》：这首诗是苏轼《和孔密州五绝》中的第三首。孔密州，
孔宗翰，字周瀚，当时继苏轼任密州知州，故称"孔密州"。

[2] 惆怅：伤感、失意。

[3] 一株雪：指梨花。

[4] 清明：清楚、清醒。

闻梨花发赠刘师命

〔唐〕韩愈

桃溪[1]惆怅不能过，红艳纷纷落地多。
闻道[2]郭[3]西千树雪[4]，欲将君去醉如何。

注释

[1] 桃溪：桃树下的小路。《史记·李将军列传》："桃李不言，下自成蹊"。溪，同"蹊"。
[2] 闻道：听说。
[3] 郭：城墙。
[4] 千树雪：形容梨花盛开时如雪一般洁白。

◎梨

　　我国的梨品种繁多，此处所言之梨，指的是属概念的梨。梨是蔷薇科梨属植物，多为落叶乔木或灌木，也有极少数的常绿乔木。梨的叶子为单页、互生。梨花为伞形总状花序，花瓣大多为白色，通常花先于叶子开放。梨的果实，不同品种颜色、形状各有不同，有圆形的，也有"梨形"的，颜色有黄色、绿色等，果肉多汁。种子为黑色或黑褐色。

　　从功能上看，梨树全身皆是宝。首先，梨树是我国各地普遍种植的果树与观赏树；其次，梨的果实清脆香甜，营养丰富，是一种广受欢迎的水果；再次，梨的果实、花、叶子、根都有药用功能，具有清热解毒、润肺止咳等功效；另外，梨木也有多种用途。

　　梨花是中国古代诗词中常用的主题，由于梨花洁白如雪，因此诗人们常将梨花与雪联系起来，互相喻指。如岑参的"忽如一夜春风来，千树万树梨花开"，便是以梨花喻雪；苏轼的"惆怅东栏一株雪，人生看得几清明"，便是以雪喻梨花。

　　此外，梨花在古代诗词中还经常表达孤寂、离别、伤春、悲己等意思。如欧阳修在《蝶恋花》中的"寂寞起来褰绣幌。月明正在梨花上"之句；韦庄在《清平乐》中写道："琐窗春暮，满地梨花雨。君不归来情又去，红泪散沾金缕。"纳兰性德在《虞美人》中云："春情只到梨花薄，片片催零落。斜阳何事近黄昏，不道人间犹有未招魂。"

咏槿

〔唐〕李白

园花笑芳年 [1]，池草艳春色。
犹不如槿花，婵娟 [2] 玉阶侧。
芬荣何夭促，零落在瞬息 [3]。
岂若琼树枝 [4]，终岁长翕赩 [5]。

注释

[1] 芳年：美好的年华。
[2] 婵娟：美丽、美好的样子。
[3] 芬荣何夭促，零落在瞬息：木槿花朝开暮落，此处形容木槿花开放的
时间极短。
[4] 琼树枝：传说中仙树名。
[5] 翕赩（xī xì）：光色盛的样子。

◎木槿

木槿又名喇叭花、木棉，是锦葵科、木槿属落叶灌木，高3~4米。木槿的叶子为菱形至三角状卵形，通常有3裂。木槿花为钟形，直径5~6厘米，花瓣为倒卵形，淡紫色。果实为卵圆形。木槿的花期为7—10月。我国的木槿有很多品种，花的颜色各异，有白色、淡紫色、粉红色等。

木槿不仅可以作为园林观赏植物，还具有药用功能。《本草纲目》中记载，木槿的皮、根、花、子皆可入药。此外，木槿的茎皮富含纤维，可以作为造纸的原料。

木槿在我国有着悠久的种植历史，《诗经》中便有记载。《国风·郑风·有女同车》中云："有女同车，颜如舜华。将翱将翔，佩玉琼琚。"这里的"舜华"指的就是木槿。

木槿花又名朝开暮落花，顾名思义，木槿花朝开暮落，开放一日便凋落。不过紧接着，木槿又会生长出新的花来，就这样次第开放，从夏开到秋末。因此在中国古诗词中，木槿花常用来比喻美好的事物、富贵或青春转瞬即逝。如唐代李顾在《别梁锽》中言："莫言富贵长可托，木槿朝看暮还落。"李商隐在《槿花》中云："风露凄凄秋景繁，可怜荣落在朝昏。未央宫里三千女，但保红颜莫保恩。"

素描——木槿花

园花笑芳年，池草艳春色。
犹不如槿花，婵娟玉阶侧。

——〔唐〕李白

北楼樱桃花

〔唐〕李绅

开花占得春光早，雪缀云装万萼轻。
凝 [1] 艳 [2] 拆时初照日，落英频处乍闻莺。
舞空柔弱看无力，带月葱茏 [3] 似有情。
多事东风入闺闼 [4]，尽飘芳思委江城。

注释

[1] 凝：含苞待放。
[2] 艳：指樱桃花
[3] 葱茏：茂盛的样子。
[4] 闼：门。

临江仙·樱桃落尽春归去

〔南唐〕李煜

　　樱桃落尽春归去，蝶翻轻粉双飞。子规[1]啼月小楼西，玉钩罗幕，惆怅暮烟垂。

　　门巷寂寥人散后，望残烟草低迷。炉香闲袅凤凰儿[2]。空持罗带[3]，回首恨依依[4]。

注释

[1] 子规：杜鹃鸟，传说为蜀帝杜宇所化，常在夜间啼叫，啼声如"不如归去"。

[2] 凤凰儿：绣有凤凰花的丝织品。

[3] 罗带：丝带，此处喻指小周后。

[4] 依依：萦绕心怀。

◎樱桃

樱桃是蔷薇科樱属植物，乔木，高达2~6米。樱桃的小枝为灰褐色，嫩枝为绿色。樱桃的叶子为卵形或长圆状卵形，长5~12厘米，宽3~5厘米。樱桃的花先于叶子开放，花序为伞房状或近伞形，有花3~6朵，花瓣为卵圆形，白色。果实为近球形，红色。樱桃的花期为3—4月，果期为5—6月。

樱桃又名"含桃"，《说文解字》中云："莺桃，莺鸟所含食，故又名含桃。"而在《礼记·月令》中已有"含桃"的记载："是月也，天子乃以雏尝黍，羞以含桃，先荐寝庙。"可见，西周时我国已种植了樱桃，并且是皇家祭祀的供品。在古代，樱桃是一种比较珍贵的水果，常作为皇帝赐给大臣们的礼物，从唐朝很多诗人的诗名中即可看出。如王维的《敕赐百官樱桃》，张籍的《朝日敕赐百官樱桃》等。

在中国古诗词中，也有很多关于樱桃的佳作。樱桃相比于其他植物，有一个显著的特点是开花、结果的时间都比较早。或许是因为这个原因，诗人们常用樱桃表达伤春、时光流逝。如宋人蒋捷在《一剪梅》中的一句"流光容易把人抛，红了樱桃，绿了芭蕉"。

此外，诗人们还常用樱桃喻指美人。如苏轼的《蝶恋花》言"一颗樱桃樊素口。不爱黄金，只爱人长久"，以樱桃喻指美人的嘴唇；还有元好问在《朝中措》中的一句："樱桃花下玉亭亭，随步觉春生。"以花喻人，形容少女的姿容风采。

素描——樱桃

开花占得春光早，雪缀云装万萼轻。
凝艳拆时初照日，落英频处乍闻莺。

———〔唐〕李绅

庭橘

〔唐〕孟浩然

明发 [1] 览群物 [2]，万木何阴森 [3]。

凝霜渐渐 [4] 水，庭橘似悬金。

女伴争攀摘，摘窥碍叶深。

并生怜共蒂，相示感同心。

骨刺红罗被，香黏翠羽簪。

擎来玉盘里，全胜在幽林。

注释

[1] 明发：天明，黎明。

[2] 群物：万物。

[3] 阴森：指树木茂盛幽暗。

[4] 渐渐（chán chán）：眼泪流下的样子。刘向《九叹》："肠纷纭以缭转兮，涕渐渐其若屑。"

◎柑橘

柑橘是芸香科柑橘属小乔木。柑橘树的分枝很多，叶子为单身复叶，叶片为披针形、椭圆形或阔卵形。花单生或2~3朵簇生，花瓣一般为白色，长1.5厘米。柑橘的果实多为扁圆形或近圆球形，果皮为淡黄色、朱红色或深红色，易剥开，内有瓢囊7~14瓣，果肉酸或甜，或有苦味，种子数有多也有少，也有少数无籽。柑橘的花期为4—5月，果期为10—12月。

柑橘的果实酸甜可口，具有丰富的营养价值。同时，柑橘也具有较高的药用功能，柑橘的果实、果皮都可以入药。橘皮即陈皮，是中药常用的药材。

我国柑橘的种植历史，可谓非常悠久了。《尚书·禹贡》中记载，早在夏朝，中国的长江流域就已经有柑橘的种植。司马迁在《史记·苏秦传》中亦记载："齐必致鱼盐之海，楚必致橘柚之园。"

柑橘在中国诗人的心中也有着很高的地位，诗人们常用柑橘来表达其忠贞高洁的情操。如屈原在《楚辞·橘颂》中赞颂柑橘"独立不迁，岂不可喜兮。深固难徙，廓其无求兮。苏世独立，横而不流兮。闭心自慎，终不失过兮。秉德无私，参天地兮"。柳宗元在《南中荣橘柚》中亦写道："橘柚怀贞质，受命此炎方。密林耀朱绿，晚岁有余芳。"

此外，诗人们还常赞颂柑橘不畏严寒的傲霜精神。如白居易在《拣贡橘书情》中的"琼浆气味得霜成"之句，赞颂了经过严霜之后的橘子更美味。苏轼在《赠刘景文》中也写道："荷尽已无擎雨盖，菊残犹有傲霜枝。

◎柑橘	一年好景君须记，最是橙黄橘绿时。" 　　当然，诗人们也同样爱橘的味道之鲜美。酷爱美食的苏轼便是橘的爱好者，他曾在《浣溪沙·咏橘》中写道"香雾噀人惊半破，清泉流齿怯初尝。吴姬三日手犹香"，将橘之美味写得淋漓尽致。

玉兰

〔明〕文征明

绰约新妆玉有辉，素娥[1]千队雪成围。
我知姑射[2]真仙子，天遣霓裳试羽衣[3]。
影落空阶初月冷，香生别院晚风微。
玉环飞燕元相敌，笑比江梅[4]不恨肥。

注释

[1] 素娥：月宫仙女嫦娥的别名，泛指月宫仙女。
[2] 姑射：姑射山，庄子《逍遥游》："藐姑射之山，有神人居焉，肌肤若冰雪，淖约若处子。"后泛指美貌女子。
[3] 天遣霓裳试羽衣：形容玉兰摇曳生姿，如初试羽衣。
[4] 江梅：指梅妃江采萍。

◎玉兰

玉兰是木兰科玉兰属落叶乔木，高可达 25 米。玉兰的树皮为深灰色，小枝粗壮。叶子为倒卵形、宽倒卵形、或倒卵状椭圆形，叶上为深绿色，叶下为浅绿色。花先于叶子开放，味芳香，花瓣多为 9 片，长圆状倒卵形，白色，基部常带粉色。果实为圆柱形聚合果，种子为心形，侧扁，外种皮红色，内种皮黑色。玉兰花期为 2—3 月，也常于 7—9 月再开一次花，果期为 8—9 月。

从功能上看，首先，玉兰开花时，白花满树，芳香四溢，是著名的观赏树种。其次，玉兰的花蕾可以入药，花被可以食用或熏茶。再次，玉兰的材质优良，可以制作家具等。

唐宋以前，玉兰与辛夷统称为木兰。如屈原在《离骚》中有"朝饮木兰之坠露兮，夕餐秋菊之落英"之句。其中辛夷又称紫玉兰，花瓣为紫色，唐宋时期的古诗词中有辛夷之名，却无玉兰之名。白居易在《代春赠》中云："山吐晴岚水放光，辛夷花白柳梢黄。"此处的"辛夷花"是白色的，可见白居易实际上说的是玉兰。

到了明代，已出现了"玉兰"之名。明人王世懋在《学圃杂疏》中记载："玉兰（开花）早于辛夷，故宋人名以迎春，今广中尚仍此名。"明代以后，也出现了很多咏玉兰的诗作。如明代沈周的《题玉兰》："翠条多力引风长，点破银花玉雪香。韵友自知人意好，隔帘轻解白霓裳。"清代查慎行的《雪中玉兰花盛开》："阆苑移根巧耐寒，此花端合雪中看。羽衣仙女纷纷下，齐戴华阳玉道冠。"

素描——玉兰

影落空阶初月冷，香生别院晚风微。
玉环飞燕元相敌，笑比江梅不恨肥。

—〔明〕文征明

七一

临发崇让宅 [1] 紫薇

〔唐〕李商隐

一树浓姿独看来，秋庭暮雨类轻埃 [2]。
不先摇落应为有，已欲别离休更开。
桃绶 [3] 含情依露井，柳绵相忆隔章台 [4]。
天涯地角同荣谢，岂要移根上苑 [5] 栽。

注释

[1] 崇让宅：唐朝将领王茂元之宅，在洛阳，王茂元是李商隐的岳父。
[2] 轻埃：轻尘。
[3] 桃绶：桃花绶。《汉官仪》："二千石，绶，羽青地，桃花缥，三采。"
此处以桃花绶代桃树。
[4] 章台：战国时秦宫名。
[5] 上苑：上林苑，本为秦朝园林，汉武帝时扩建。《西京杂记》："初
修上林苑，群臣远方各献名果异卉三千余种植其中。"

望仙门·紫薇枝上露华浓

〔宋〕晏殊

　　紫薇枝上露华浓。起秋风。管弦声细 [1] 出帘栊。象筵 [2] 中。

　　仙酒斟云液 [3]，仙歌转绕梁 [4] 虹。此时佳会庆相逢。庆相逢。
欢醉且从容。

注释

[1] 管弦声细：形容乐声悠扬。

[2] 象筵：豪华的筵席。

[3] 云液：古代扬州的名酒，此处泛指美酒。

[4] 绕梁：《列子·汤问》："昔韩娥东之齐，匮粮，过雍门，鬻歌假食。
既去，而余音绕梁栋，三日不绝。"

◎紫薇

紫薇是千屈菜科紫薇属落叶灌木或小乔木，高达7米。紫薇的树皮为灰色或灰褐色，枝干比较扭曲，小枝纤细。叶子为互生，有时对生，形状为椭圆形、阔矩圆形或倒卵形。花为7~20厘米的顶生圆锥花序，有紫色、淡红色、白色等。果实为椭圆状球形或阔椭圆形，长1~1.3厘米。紫薇的花期为6—9月，果期在9—12月。

紫薇的树姿优美，颜色艳丽，是一种被广为种植的观赏树。紫薇的花、叶、根与皮皆有药用效果。另外，紫薇的木材非常坚硬、耐腐，可作为制作农具、家具等的材料。

紫薇的花期较长，可从6月开到9月，因此有"百日红"之称。杨万里在《疑露堂前紫薇花两株，每自五月盛开，九月乃衰》中就写道："谁道花无百日红，紫薇长放半年花。"明人薛蕙有《紫薇》诗云："紫薇花最久，烂漫十旬期。"而紫薇花的美丽、烂漫也为诗词增添了很多美的想象。如晏殊在《望仙门》中写道："紫薇枝上露华浓。起秋风。管弦声细出帘栊。象筵中。"宋人周必大在《入直召对选德殿赐茶而退》中云："归到玉堂清不寐，月钩初上紫薇花。"

唐玄宗时期，中书省改名为紫微省，中书令改称为紫微令。因此，在古诗词中紫薇花也常与诗人的政治生涯相关。如白居易在《直中书省》中写道："丝纶阁下文章静，钟鼓楼中刻漏长。独坐黄昏谁是伴，紫薇花对紫薇郎。"李商隐在《临发崇让宅紫薇》中言："天涯地角同荣谢，岂要移根上苑栽。"此处同样也是表达他的政治观点。

得舍弟消息

〔唐〕杜甫

风吹紫荆树^[1]，色^[2]与春庭暮。

花落辞^[3]故枝，风回返^[4]无处。

骨肉恩书^[5]重，漂泊难相遇。

犹有泪成河，经天复东注^[6]。

注释

[1] 南朝梁吴均《续齐谐记·紫荆树》："京兆田真兄弟三人，共议分财。生资皆平均，惟堂前一株紫荆树，共议欲破三片。明日，就截之，其树即枯死，状如火然。真往见之，大惊，谓诸弟曰：'树本同株，闻将分斫，所以憔悴，是人不如木也。'因悲不自胜，不复解树。树应声荣茂，兄弟相感，合财宝，遂为孝门。"后世常以紫荆咏兄弟情谊。

[2] 色：春色。

[3] 辞：离开。

[4] 返：一作"反"。

[5] 书：书信。

[6] 东注：向东流去。何逊《临行与故游夜别》诗云："复如东注水，未有西归日。"

◎紫荆

紫荆是豆科紫荆属植物，丛生或单生灌木。紫荆的树皮和小枝为灰白色，叶子为近圆形或三角状圆形。紫荆花通常2~10朵簇生于老枝或主干上，紫红或粉红色，先于叶子开放。果实为扁狭长形荚果，绿色，内有黑褐色种子2~6颗。紫荆的花期为3—4月，果期在8—10月。

紫荆花又名满条红，盛开时，成簇的花朵开满枝干，明艳、烂漫，是一种美丽的观赏植物，常见于庭园、屋旁等地。紫荆的树皮与花皆可入药，具有药用功能。

在中国，紫荆常被用来比拟兄弟同气连枝、家庭和睦。在古诗词中，诗人们常借紫荆来表达对兄弟、亲人的思念。如杜甫在《得舍弟消息》中就有"风吹紫荆树，色与春庭暮"之句；赵蕃在《见紫荆有怀成父》中云："一树幽花见紫荆，杜陵诗句属吾情。江东消息关河阔，况我平生寡弟兄。"这些皆表达了对兄弟的思念之情。宋人程大昌在《临江仙》中写道："紫荆同本但殊枝。直须投老日，常似有亲时。"刘基在《感怀》中有"闷对亭前紫荆树，同根那得却相离"之句，这些则表达了对亲人的思念之情。

此外，诗人还常借紫荆来表达对故乡的思念之情。如韦应物的《见紫荆花》："杂英纷已积，含芳独暮春。还如故园树，忽忆故园人。"还有苏洞的《金陵杂兴》，其中有一首："不论城外与城中，时节欢然一笑同。棠棣花残紫荆老，可无书札问孤鸿。"

司直巡官无诸移到玫瑰花

〔唐〕徐夤

芳菲移自越王台 [1]，最似蔷薇好并 [2] 栽。

秾艳 [3] 尽怜胜彩绘，嘉名谁赠作 [4] 玫瑰。

春藏锦绣 [5] 风吹拆，天染琼瑶 [6] 日照开。

为报朱衣 [7] 早邀客，莫教零落委苍苔。

注释

[1] 越王台：指巡官官署。

[2] 并：一起。

[3] 秾艳：指色彩艳丽的玫瑰花。

[4] 作：称作。

[5] 锦绣：形容玫瑰红花团锦簇。

[6] 琼瑶：美玉，此处以琼瑶代指玫瑰花。

[7] 朱衣：红衣，指玫瑰花。

◎玫瑰

玫瑰是蔷薇科蔷薇属灌木，高达 2 米。玫瑰的茎比较粗壮，小枝有直立或弯曲的皮刺。叶子的连叶柄有 5~13 厘米长，上有 5~9 片小叶，小叶的形状为椭圆形或椭圆状倒卵形，叶边有尖锐锯齿。玫瑰花单生于叶腋，也有数朵簇生，花瓣为倒卵形，重瓣至半重瓣，紫红色至白色，气味十分芳香。玫瑰的果实为扁球形，砖红色，直径有 2~2.5 厘米。玫瑰的花期为 5—6 月，果期为 8—9 月。

玫瑰在中国的种植历史可追溯到约两千年前的汉代。《西京杂记》中记载，汉武帝的乐游原就种植了玫瑰树。玫瑰的功能有很多，玫瑰的花具有浓郁的芳香，不仅可以制作芳香的精油，还可以制成花茶、玫瑰酒、玫瑰饼食用。此外，玫瑰的花蕾可以入药，其果实还具有丰富的营养价值。

需要说明的是，中国历史上所述的玫瑰与现在的玫瑰是不同的。中国古人将蔷薇属植物分成了月季、玫瑰、蔷薇、茶蘼等不同品种，而西方将蔷薇属的玫瑰、月季等花都称为 rose，因此现在市场上的很多玫瑰其实都是月季的不同品种。

现在的玫瑰常被人们称为"爱情之花"，而在古代，玫瑰却有一个充满豪气的别名——刺客。宋人姚宽在《西溪丛语·三十客》中云："予长兄伯声尝得三十客：牡丹为贵客，梅为清客，兰为幽客……玫瑰为刺客。"

玫瑰同样很受我国诗人们的喜爱，关于咏玫瑰的作品也有很多。如杨万里的《红玫瑰》："非关月季

◎玫瑰	姓名同，不与蔷薇谱谍通。接叶连枝千万绿，一花两色浅深红。风流各自燕支格，雨露何私造化功。别有国香收不得，诗人熏入水沉中。"诗人将玫瑰的特征介绍得面面俱到。还有李建勋的《春词》言："折得玫瑰花一朵，凭君簪向凤凰钗。"

木芙蓉

〔唐〕韩愈

新开寒露丛，远比水间红^[1]。
艳色宁相妒，嘉名偶自同。
采江^[2]官渡^[3]晚，搴木^[4]古祠空。
愿得^[5]勤来看，无令便逐风^[6]。

注释

[1] 水间红：指荷花、水芙蓉。此处将木芙蓉与荷花相对比。
[2] 采江：于江中采摘。《古诗十九首》中有《涉江采芙蓉》篇，所采摘的是水芙蓉。
[3] 官渡：渡口，一作"秋节"。
[4] 搴木：屈原《九歌》："采薜荔兮水中，搴芙蓉兮木末。"搴，采摘。
[5] 愿得：一作"须劝"。
[6] 逐风：在风中陨落。

木芙蓉

〔唐〕韩愈

新开寒露丛，远比水间红[1]。
艳色宁相妒，嘉名偶自同。
采江[2]官渡[3]晚，搴木[4]古祠空。
愿得[5]勤来看，无令便逐风[6]。

注释

[1] 水间红：指荷花、水芙蓉。此处将木芙蓉与荷花相对比。
[2] 采江：于江中采摘。《古诗十九首》中有《涉江采芙蓉》篇，所采摘的是水芙蓉。
[3] 官渡：渡口，一作"秋节"。
[4] 搴木：屈原《九歌》："采薜荔兮水中，搴芙蓉兮木末。"搴，采摘。
[5] 愿得：一作"须劝"。
[6] 逐风：在风中陨落。

◎木芙蓉

　　木芙蓉是锦葵科木槿属落叶灌木或小乔木，高达2~5米。木芙蓉的小枝、叶柄、花梗和花萼皆有细小的绒毛。其叶子为宽卵形至圆卵形或心形，通常为5~7裂，裂片为三角形，叶片的边缘有钝圆锯齿。花单生于枝端叶腋间，初开时为白色或淡红色，后逐渐变为深红色，花瓣近圆形，直径4~5厘米。果实为扁球形，种子为肾形。木芙蓉的花期为8—10月。

　　木芙蓉花娇艳美丽，是我国久经栽培的园林观赏植物。木芙蓉花与叶子皆可入药，有清肺、散热等功效。木芙蓉的树皮纤维还可以用来搓绳、造纸，著名的薛涛笺便是以木芙蓉的树皮、花汁为原料制成的。此外，木芙蓉花还可以用来做羹、粥等食物。

　　木芙蓉是成都的市花。据《成都记》记载：五代后蜀皇帝孟昶的妃子花蕊夫人尤爱木芙蓉花，为了博花蕊夫人一笑，"孟后主于成都城上遍种芙蓉"，每到秋季花开，四十里如锦绣，因此成都便有了蓉城、锦城之称。后世为了纪念花蕊夫人，便尊她为"芙蓉花神"。

　　木芙蓉又名木莲，因其"艳如荷花"而得此名。因此，在诗词作品中木芙蓉花经常被拿来与荷花相比。如韩愈在《木芙蓉》中云："新开寒露丛，远比水间红。"白居易在《木芙蓉花下招客饮》中云："莫怕秋无伴愁物，水莲花尽木莲开。"

　　木芙蓉的开花时节是秋季，因此古人们常在诗词中赞颂其傲霜的品质，并给予其"拒霜花"之名。如苏轼《和

◎木芙蓉	陈述古拒霜花》中云："千株扫作一番黄，只有芙蓉独自芳。唤作拒霜知未称，细思却是最宜霜。"王安石在《拒霜花》中云："落尽群花独自芳，红英浑欲拒严霜。"范成大在《携家石湖赏拒霜》中云："谁知摇落霜林畔，一段韶光画不成。"

冬青花 [1]

〔宋〕林景熙

冬青花，花时一日肠九折 [2]。

隔江风雨清影空，五月深山护微雪。

石根云气龙所藏 [3]，寻常蝼蚁不敢穴。

移来此种非人间，曾识万年觞底月。

蜀魂 [4] 飞绕百鸟臣，夜半一声山竹裂 [5]。

注释

[1] 冬青花：《霁山集》章祖程注："冬青一名女贞木，一名万年枝。汉宫尝植此，后世因之。宋诸陵亦多植此木。"林景熙是南宋末爱国诗人。宋亡后，元人发掘南宋历代诸帝的陵墓，盗取陪葬宝物。劫后，林景熙、唐珏等人收其遗骨，葬于会稽兰亭山，并将皇陵的冬青树移植此处，用以标记。《冬青花》这首诗便是为此而作。

[2] 肠九折：形容内心十分愁苦。司马迁《报任安书》："是以肠一日而九回。"

[3] 龙所藏：指皇帝所葬之处。

[4] 蜀魂：杜鹃鸟。据《华阳国志》与《成都记》记载，杜鹃鸟是战国时蜀王杜宇死后的魂魄所化，日夜悲啼，蜀人将之称为"望帝之魂"，亦称蜀魂。

[5] 山竹裂：形容杜鹃鸟的啼声。杜甫《玄都坛歌寄元逸人》："子规夜啼山竹裂，王母昼下云旗翻。"

◎冬青

冬青是冬青科东青属常绿乔木，高可达13米。冬青的树皮为灰黑色，小枝为浅灰色。叶子为椭圆形或披针形，稀卵形。冬青花为雌雄异株，聚伞花序，单生叶腋，花小，淡紫色或紫红色。果实为长球形，成熟时为红色。冬青的花期为4—6月，果期在7—12月。

冬青的种子、树皮和叶子都可入药，叶子具有清热解毒的功能，可用来治疗气管炎和烧烫伤。冬青的木材非常坚硬，可以用来做细工材料。

冬青是一种非常耐寒的常绿植物，即使到了冬日也依旧青翠。明代张宁的《方洲杂言》中记载："草木中耐寒者极多，素馨、车前、凤尾、治蘠、薜荔、石菖蒲、冬青……"在古诗词中，常有表达冬青此特征者，如顾况在《行路难三首》中云"冬青树上挂凌霄，岁晏花凋树不凋"，许浑在《洞灵观冬青》中言"霜霰不凋色，两株交石坛"等。

关于冬青还有一则故事。在宋代，诸帝后妃的陵墓旁多种植冬青。南宋灭亡后，元人曾毁诸帝陵墓，盗取宝物。之后，南宋遗民收拾诸帝遗骨，重新安葬，并移植皇陵的冬青用以标记。因此，诗人们在诗词中便以冬青表达失去故国的痛苦。如林景熙的《冬青花》："冬青花，花时一日肠九折。"唐珏的《冬青行二首》："冬青花，不可折，南风吹凉积香雪。"还有后世感慨此事的钱谦益在《西湖杂感》中云"冬青树老六陵秋，恸哭遗民总白头"。

西江月·宝云真觉院赏瑞香

〔宋〕苏轼

　　公子眼花乱发，老夫鼻观[1]先通。领巾[2]飘下瑞香风，惊起谪仙[3]春梦。

　　后土祠中玉蕊，蓬莱殿后鞓红[4]。此花清绝更纤秾，把酒何人心动。

注释

[1] 鼻观：傅注："鼻观，见《圆觉经》。"苏轼《和黄鲁直＜烧香＞二首》中有云："不是闻思所及，且令鼻观先参。"

[2] 领巾：《杨太真外传》："乾元元年，贺怀智又上言曰：'昔上夏日与亲王棋，令臣独弹琵琶，贵妃立于局前观之。上数枰子将输，贵妃放康国猧子上局乱之，上大悦。时风吹贵妃领巾于臣巾上，良久回身，方落。及反归，觉满身香气，乃卸头帻贮于锦囊中。今辄进所贮幞头。'上皇发囊，且曰：'此瑞龙脑香，吾曾施于暖池玉莲朵，再幸尚有香气宛然，况乎丝缕润腻之物哉！'遂凄怆不已。"

[3] 谪仙：李白。

[4] 鞓红：牡丹的一种。欧阳修《洛阳牡丹记》："鞓红者，单叶深红花；出青州，亦曰青州红……其色类腰带鞓，故谓之鞓红。"

◎瑞香

瑞香是瑞香科瑞香属常绿灌木。瑞香的树枝通常二歧分枝，小枝为紫红色或紫褐色。叶互生，为长圆形或倒卵状椭圆形。瑞香花数朵形成顶生头状花序，外面淡紫红色，内面肉红色。果实为红色。瑞香的花期为3—5月，果期在7—8月。

根据《中国植物志》记载，瑞香在中国与日本皆广为栽培，且通常在公园或庭园栽培，少有野生。

瑞香作为中国的传统名花，四季常绿，花香馥郁，"瑞香"之名离不开其浓郁的香味。据文震亨《长物志》记载："相传庐山有比丘昼寝，梦中闻花香，寤而求得之，故名'睡香'。四方奇异，谓'花中祥瑞'，故又名'瑞香'，别名'麝囊'。"而瑞香花名扬天下，当在宋代。南宋诗人王十朋在《瑞香花》中写道："真是花中瑞，本朝名始闻。江南一梦后，天下仰清芬。"

诗人们在诗作中对瑞香描写最多的，便是其花香之浓烈。如杨万里在《瑞香花新开》中写道："香中真上瑞，兰麝敢名家。"范成大《瑞香三首（其二）》云："浓薰百和韵，香极却成愁。"杨维桢在《瑞香花》中云："日炙锦薰眠不得，玉人扶起酒初醒。"

菩萨蛮·腊梅

〔宋〕韩元吉

　　江南雪里花如玉。风流越样新装束。恰恰缕[1]金裳。浓熏百和香。

　　分明篱菊艳。却作妆梅面[2]。无处奈君何。一枝春更多。

注释

[1] 缕：麻线或丝线，此处引申为以线缝制。
[2] 妆梅面：梅花妆。《太平御览·时序部》引《杂五行书》记载："宋武帝女寿阳公主人日卧于含章殿檐下，梅花落公主额上，成五出花，拂之不去。皇后留之，看得几时。经三日，洗之乃落。宫女奇其异，竞效之，今梅花妆是也。"此处喻指腊梅。

◎蜡梅

　　蜡梅是蜡梅科蜡梅属落叶灌木，高达 4 米。蜡梅的树枝为灰褐色，叶子为纸质近革质，对生，卵圆形、椭圆形、宽椭圆形至卵状椭圆形，也有长圆披针形。腊梅花生于枝条叶腋内，先于叶子开放，直径 2~4 厘米，花被片为圆形、长圆形、倒卵形等，多为黄色，花芳香。果托为坛状或倒卵状椭圆形。蜡梅的花期为 11 月至翌年 3 月，果期为 4—11 月。

　　在万物凋零的冬季，蜡梅依旧凌寒开放，是难得的观赏花木。此外，蜡梅花还可入药，具有解暑生津的功能。

　　需要说明的是，蜡梅与梅花是两种不同的植物。梅花是蔷薇科植物，蜡梅是蜡梅科植物。梅花的颜色有红色、白色等多种，蜡梅通常为黄色。梅花有清幽的暗香，而蜡梅的香味更浓郁。二者的花期也不同，蜡梅比梅花大约早 2 个月开花。

　　在古诗词作品中，题咏蜡梅的佳作有很多，诗人们尤爱歌咏蜡梅的不畏严寒与幽雅香气。如黄庭坚有《蜡梅》诗云："天工戏剪百花房，夺尽人工更有香。埋玉地中成故物，折枝镜里忆新妆。"戴复古有《腊梅二首》，其中一首云："篱菊抱香死，化入岁寒枝。依然色尚黄，雪中开更奇。"

李卫公 [1]

〔唐〕李商隐

绛纱弟子 [2] 音尘绝，鸾镜佳人 [3] 旧会稀。
今日致身歌舞地，木棉花暖鹧鸪飞 [4]。

注释

[1] 李卫公：李德裕。据《旧唐书·李德裕传》记载："会昌四年八月，德裕以平刘稹功，进封卫国公。大中初罢相，历贬潮州司马、崖州司户参军卒。"此篇应为被贬崖州时所作。
[2] 绛纱弟子：受业门人。
[3] 鸾镜佳人：原意为妻妾，此处喻指政治上的同道者。
[4] 暖鹧鸪飞：李白《越中览古》："越王勾践破吴归，战士还家尽锦衣。宫女如花满春殿，只今惟有鹧鸪飞。"

◎木棉

　　木棉是木棉科木棉属落叶大乔木，高达25米。木棉的树皮为灰白色，分枝平展。叶子为掌状复叶，有小叶5~7片，小叶为长圆形至长圆状披针形。木棉花单生于枝顶叶腋，一般为红色，有时为橙红色，花瓣为肉质，倒卵状长圆形，中间有10枚较短的雄蕊，外轮有多数较长雄蕊。蒴果长圆形，外有灰白色长柔毛和星状柔毛。种子为倒卵形。木棉的花期为3—4月，果实在夏季成熟。

　　木棉浑身都是宝，木棉的花可以食用，也可以入药，治疗菌痢、肠炎等病症；树皮可制为滋补药；果实内的棉毛可以制作成布，也可作为衣、被等的填充材料；木材轻软，可制为各种轻便工具，还可用来造纸；木棉花大而美，树姿巍峨，可作为园林观赏植物，也可作为行道树。

　　在中国古诗词作品中也有很多关于木棉的佳作，从诗词中可以看出木棉对我国古代纺织品业的贡献。如艾性夫有一首《木棉布歌》，其中写道：“衣无美恶暖则一，木棉裘敌天孙织。”可见，木棉可以用来织布，还可以制成衣服。还有蒋捷在《梅花引·荆溪阻雪》中云：“漠漠黄云，湿透木棉裘。都道无人愁似我，今夜雪，有梅花，似我愁。”此处的“木棉裘”指的便是以木棉制作而成的衣服。

　　此外，还有很多咏木棉花的诗句。如苏轼的“记取城南上巳日，木棉花落刺桐开”，戴复古的“夹岸人家尽农圃，秋风吹老木棉花”等。

扬州慢·琼花

〔宋〕郑觉斋

　　弄玉 [1] 轻盈，飞琼 [2] 淡泞 [3]，袜尘 [4] 步下迷楼 [5]。试新妆才了，炷沉水香毬 [6]。记晓剪、春冰驰送，金瓶露湿，缇骑 [7] 星流。甚天中月色，被风吹梦南州 [8]。

　　尊前相见，似羞人、踪迹萍浮。问弄雪飘枝，无双亭 [9] 上，何日重游？我欲缠腰骑鹤 [10]，烟霄远、旧事悠悠。但凭阑无语，烟花三月 [11] 春愁。

注释

[1] 弄玉：据西汉刘向《列仙传》记载，弄玉是春秋时期秦穆公之女，嫁与萧史为妻，后二人共同飞仙而去。此处以弄玉喻指琼花，形容琼花如仙女一般。

[2] 飞琼：《汉武帝内传》中有载，西王母曾命侍女许飞琼鼓震灵之簧。

[3] 淡泞：淡雅。

[4] 袜尘：曹植《洛神赋》："凌波微步，罗袜生尘。"此处形容仙女步履轻盈。

[5] 迷楼：隋炀帝在扬州所建行宫。

[6] 香毬：一种熏香用的金属制镂空圆球。

[7] 缇骑：皇帝出行的警卫。

[8] 南州：南方州郡，此处指临安。

[9] 无双亭：亭名，在扬州琼花观内。相传，琼花观内有一株琼花，天下无双，欧阳修任扬州知府时，在琼花旁修建了无双亭。

[10] 缠腰骑鹤：南朝梁殷芸《小说》："有客相从，各言其志，或愿为扬州刺史，或愿多赀财，或愿骑鹤上升。其一人曰：'腰缠十万贯，骑鹤上扬州。'欲兼三者。"后人常用此典比喻难以实现的愿望和追求，或表现尽情享乐、异常欢快的心情。

[11] 烟花三月：李白《黄鹤楼送孟浩然之广陵》："烟花三月下扬州。"

◎琼花

　　琼花是忍冬科荚蒾属植物，落叶或半常绿灌木，高可达4米。琼花树枝广展，叶子为对生，卵形或椭圆形。聚伞花序，形成伞房状，花序仅周围有大型不孕花，花冠直径3~4.2厘米，白色，裂片为倒卵形或近圆形；花序中间为两性可孕花，花小，淡黄色或白色。果实为椭圆形，先红色后黑色，核扁，矩圆形至宽椭圆形。琼花的花期为4月，果期在9—10月。

　　琼花洁白优雅，形若群蝶起舞，是传统的名贵观赏花木。琼花的叶子和根还可入药。

　　琼花是扬州的市花，关于扬州琼花还有着很多传说。相传扬州后土祠（宋代改名为蕃釐观）内有一株琼花，天下无双，后欧阳修在琼花旁建了无双亭赏花，引来无数文人雅士题咏，而后土祠也被人们称为琼花观。

　　关于琼花的诗词作品也有很多。如韩琦有一篇《琼花》，其中写道："维扬一株花，四海无同类。年年后土祠，独比琼瑶贵。"欧阳修也曾写过一首诗曰："琼花芍药世无伦，偶不题诗便怨人。曾向无双亭下醉，自知不负广陵春。"晁补之在《虞美人·广陵留别》中写道："年年后土春来早。不负金尊倒。明年珠履赏春时。应寄琼花一朵慰相思。"

榆 [1]

〔宋〕苏轼

我行汴堤 [2] 上，厌见 [3] 榆阴绿。

千株不盈亩，斩伐同一束。

及居幽囚 [4] 中，亦复见此木。

蠹皮溜秋雨，病叶埋墙曲 [5]。

谁言霜雪苦，生意殊未足。

坐待春风至，飞英 [6] 覆空屋。

注释

[1]《榆》：选自《御史台榆槐竹柏四首》中的一首，为苏轼在"乌台诗案"大赦时所作。

[2] 汴堤：查注《元和郡县图志》："禹开汴渠以通淮泗。汉永平中筑堤，隋炀帝更令自板渚引河入汴口，又从大梁之东引汴达淮河畔，树之以榆柳。"

[3] 厌见：看够。

[4] 幽囚：《后汉书》："今皆幽囚，陷于法网。"此处指苏轼在台狱的时候。

[5] 蠹皮溜秋雨，病叶埋墙曲：榆树受到蠹虫荼毒而生病，屈居于墙角。此处喻指自己。

[6] 飞英：飘舞的雪花。

◎榆树	榆树是榆科榆属落叶乔木，高达 25 米。榆树的幼树树皮平滑，为灰褐色或浅灰色，大树树皮为暗灰色，粗糙，有不规则深纵裂。叶子为椭圆状卵形、长卵形、椭圆状披针形或卵状披针形，长 2~8 厘米，宽 1.2~3.5 厘米。榆树的花先于叶子开放，簇生于叶腋。翅果为近圆形，长 1.2~2 厘米，果核位于翅果中部，初淡绿色，后白黄色。榆树的花果期为 3—6 月。 　　从功能上看，榆树的木材结实耐用，可作为家具、农具、桥梁等物的材料；树皮纤维坚韧，可作为制作绳索、麻袋或造纸的原料；榆树的翅果又名榆钱，榆钱嫩时可与面粉混拌蒸食，古代荒年或青黄不接时人们常以榆钱为食；榆树的树皮、叶子、翅果皆可入药，可安神、利小便；此外，榆树既高大，又枝叶繁茂，可作为道旁树，不仅可以美化环境，还可以遮挡阳光。 　　我国栽培榆树的历史非常悠久，殷商时期的甲骨文中便有"榆"字的发现。《诗经·陈风·东门之枌》中有"东门之枌，宛丘之栩"之句，其中的"枌"便是榆树。 　　在中国古诗词中有很多关于榆树的诗词，如陈与义的《襄邑道中》："飞花两岸照船红，百里榆堤半日风。"从这句中亦可看出榆树在我国古代就已有作为道旁树的功能。 　　在我国传统文化中，常以"桑榆"来代指傍晚或晚年。如刘禹锡在《酬乐天咏老见示》中有"莫道桑榆晚，为霞尚满天"之句，表面写傍晚风光，实际上是对晚年白居易的宽慰与鼓励。

使院中新栽柏树子，呈李十五栖筠 [1]

〔唐〕岑参

爱尔 [2] 青青色，移根此地来。
不曾台 [3] 上种，留向碛 [4] 中栽。
脆叶欺 [5] 门柳，狂花 [6] 笑院梅。
不须愁岁晚，霜露岂能摧？

注释

[1]《使院中新栽柏树子，呈李十五栖筠》：此诗为天宝十五年（756）诗人在北庭时所作。使院，节度使留后治事之所。李十五栖筠，李栖筠，排行十五。

[2] 尔：你，此处指柏树。

[3] 台：指御史台。汉代御史台常种柏树，因此御史台又称柏台。

[4] 碛（qì）：沙漠。

[5] 欺：胜过。

[6] 狂花：盛放的花。

◎柏木

柏木是柏科柏木属乔木，高达 35 米。柏木的树皮为淡褐灰色，有窄长裂片，小枝为绿色，较老的小枝为暗褐紫色。鳞叶二型，先端锐尖，中央之叶的背部有条状腺点，两侧的叶对折，背部有棱脊。柏树的花为雌雄同株，雄球花为椭圆形或卵圆形，雌球花近球形。球果为圆球形，熟时暗褐色。种子为宽倒卵状菱形或近圆形，熟时淡褐色。柏木的花期为 3—5 月，种子第二年 5—6 月成熟。

从功能上看，柏木可作为建筑、车船、家具等物的材料；其枝叶、球果与根皆可入药，具有药用功能；此外，柏木树冠优美，枝叶浓密，具有较高的观赏价值。

柏树在我国的种植历史非常悠久，《诗经》中就有很多关于柏木的记载。如《诗经·邶风·柏舟》中就有"泛彼柏舟，在彼中河"的诗句，可见早在三千年前，我国就已种植柏木，并将其制作为舟船了。

由于柏木四季常青、耐寒的特征，我国古代的诗人们常常赞颂柏木傲霜斗雪、坚韧不屈的精神。如苏轼在《浣溪沙》中的"岁寒松柏肯惊秋"之句。在我国，柏树还是长寿的象征，如郭应祥的《鹧鸪天·遁斋自作生日》中写道："来祝寿，笑儿曹。说椿说柏说蟠桃。"这里便是借柏树表祝寿之意。

此外，人们还常在墓地、祠堂等地种植柏树，因此诗人们常借柏树表达对生命的感慨以及对故去之人的怀念等情感。如杜甫在《蜀相》中的"丞相祠堂何处寻，锦官城外柏森森"之句。

定风波·晚岁监州^[1]闻荔枝

〔宋〕黄庭坚

晚岁监州闻荔枝，赤英^[2]垂坠压阑枝^[3]。万里来逢芳意歇，愁绝，满盘空忆去年时。

涧草山花光照座，春过，等闲枯李又累累。辜负寒泉浸红皱^[4]，销瘦，有人花病损香肌^[5]。

注释

[1] 监州：宋代州通判的别称。

[2] 赤英：荔枝的果实。

[3] 阑枝：残枝。

[4] 红皱：指荔枝。

[5] 香肌：以女子的肌肤比喻去壳后的荔枝。

◎荔枝

荔枝是无患子科荔枝属常绿乔木，高可达10米。荔枝的树皮为灰黑色，小枝褐红色，有白色皮孔。小叶通常为2~3对，多为披针形或卵状披针形，叶柄长7~8毫米。花序顶生，多分枝，花梗纤细。果实为卵圆形至近球形，成熟时为暗红色或至鲜红色。种子全为肉质假种皮包被。荔枝的花季为春季，果期为夏季。

从功能上看，荔枝的果实甘甜多汁，是一种美味的水果；其核可以入药，具有治疗心气痛和小肠气痛的功能；荔枝木材坚实，是制造船、梁、柱等物的上等材料；此外，荔枝的花富含蜜腺，荔枝蜂蜜深受大众喜爱。

在我国，荔枝主要产于南方，尤以广东和福建南部种植最多。荔枝在我国的种植历史也非常悠久，早在汉代，司马相如在《上林赋》中便有关于荔枝的记载，不过在汉代，荔枝写作"离支"。

荔枝风味绝佳，但不易储藏，一直以来都是珍贵的贡品。《新唐书·杨贵妃传》记载："妃嗜荔枝，必欲生致之，乃置骑传送，走数千里，味未变，已至京师。"后来，诗人们在诗词作品中，常以荔枝来抒发对政治与历史的态度。如杜牧的名句"一骑红尘妃子笑，无人知是荔枝来"，张祜在《马嵬坡》中的"尘土已残香粉艳，荔枝犹到马嵬坡"之句等。

当然，荔枝味美，诗人们也常在诗词中表达对它的喜爱之情。如以爱吃闻名的苏轼在《惠州一绝》中便写道："日啖荔枝三百颗，不辞长作岭南人。"

醉归

〔宋〕陆游

乌桕^[1]阴中把酒杯，山园处处熟杨梅。
醉行蹎踔^[2]人争看，蹋尽斜阳蹋月来。

注释

[1] 乌桕：一种落叶乔木，以鸟喜食其实而名，叶子秋日变红。

[2] 蹎踔（chěn chuō）：《广雅》："蹎踔，无常也。"形容行走不定的样子。

◎杨梅

杨梅是杨梅科杨梅属常绿乔木，高可达15米。杨梅树皮为灰色，树冠圆球形。叶子生于萌发条上者为长椭圆状或楔状披针形，生于孕枝上的为楔状倒卵形或长椭圆状倒卵形。花雌雄异株，雄花序单独或数条丛生于叶腋，花药为暗红色；雌花序常单生于叶腋，较雄花序短而细瘦。核果为球状，外果皮肉质，成熟时为深红色或紫红色，内有阔椭圆形或圆卵形核。杨梅的花期为4月，果期在6—7月。

杨梅的果实酸甜可口，富含营养，既可直接食用，又可制成杨梅干、蜜饯等食用，还可酿酒。杨梅的果实、树皮和根皆可入药，具有生津解渴、止血治痢等功能。另外，杨梅树枝叶繁茂，果实红艳可爱，不仅具有绿化价值，同时易栽培、生产成本低的特性，也使它具有良好的经济价值。

我国古代诗人中爱杨梅者有很多，其中陆游就写了很多关于杨梅的诗作。他在《六峰项里看采杨梅连日留山中》中云"绿阴翳翳连山市，丹实累累照路隅"，在《项里观杨梅》中言"隔岁租园不计钱，杨梅海里过年年"，又在《出近村归偶作》中写有"杨梅线紫开园晚，莼菜丝长入市新"之句，足见他对杨梅的喜爱之情。

山园屡种杨梅皆不成枇杷一株独结实可爱戏作长句

〔宋〕陆游

杨梅空有树团团，却是枇杷解满盘。

难学权门堆火齐[1]，且从公子拾金丸[2]。

枝头不怕风摇落，地上惟忧鸟啄残。

清晓呼僮乘露摘，任教半熟杂甘酸[3]。

注释

[1] 火齐：杨梅。陆游《项里观杨梅》："山中户户作梅忙，火齐骊珠入帝乡。"

[2] 金丸：枇杷。

[3] 清晓呼僮乘露摘，任教半熟杂甘酸：原注："枇杷尽熟时，鸦鸟不可复御，故熟七八分则取之。"

◎枇杷

枇杷是蔷薇科枇杷属常绿小乔木，高可达10米。枇杷的小枝较粗壮，呈黄褐色。叶子为革质，披针形、倒披针形、倒卵形或椭圆状长圆形。圆锥花序顶生，有多花，花瓣为白色，长圆形或卵形。果实为球形或长圆形，黄色或橘黄色，外有细毛，可食用。种子为球形或扁球形，褐色。枇杷的花期为10—12月，果期为5—6月。

从功能来看，枇杷树四季常青，花洁白素雅，一簇簇果实玲珑可爱，可供观赏与绿化；枇杷的果实酸甜清香、有营养，既可直接食用，又可制成蜜饯或酿酒；枇杷的花、果、叶都可以入药，具有止咳化痰等效果；木材可以制作手杖、农具等。

枇杷在我国至少已有两千年的栽种历史，早在汉代已有枇杷种植。汉武帝刘彻在《柏梁诗》中就有"枇杷橘栗桃李梅"之句。

古代文人中，亦有很多歌咏枇杷的诗句。如范成大在《夔州竹枝歌二首（其一）》中云："新城果园连瀼西，枇杷压枝杏子肥"，杜甫在《田舍》中写道："榉柳枝枝弱，枇杷树树香。"此外，枇杷花看似素洁、不起眼，却是冬季开花，因此在古诗词中也有咏枇杷花者。如唐代诗人羊士谔在《题枇杷树》中写道："珍树寒始花，氛氲九秋月。"

临江仙·戏为期思詹老寿 [1]

〔宋〕辛弃疾

手种门前乌桕树，而今千尺苍苍。田园只是旧 [2] 耕桑。杯盘风月夜，箫鼓子孙忙。

七十五年无事客，不妨两鬓如霜。绿窗划地 [3] 调红妆。更从今日醉，三万六千场 [4]。

注释

[1]《临江仙·戏为期思詹老寿》：作于辛弃疾闲居瓢泉时。期思，辛弃疾瓢泉居处，在江西铅山县。
[2] 旧：指岁月长久。
[3] 划地：照样、依旧。
[4] 更从今日醉，三万六千场：李白《襄阳歌》："百年三万六千日，一日须倾三百杯。"苏轼《满庭芳》："百年里，浑教是醉，三万六千场。"

◎乌桕

乌桕是大戟科乌桕属落叶乔木，高可达15米。乌桕的树皮为暗灰色，枝条广展。叶子为互生，叶片有菱形、菱状卵形等。花为雌雄同株，总状花序长6~12厘米，雄花花梗纤细，每个苞片内有10~15朵小花；雌花花梗粗壮，每个苞片内只有1朵雌花。蒴果为梨状球形，成熟时为黑色。雌花到了深秋，便会结子，种子为扁球形，黑色。乌桕的花期为4—8月。

从功能来看，乌桕的根皮、树皮和叶子皆可入药，具有多种疗效，根皮可治毒蛇咬伤。乌桕木材坚硬，纹理细致，可用来雕刻，也可制造器物等，用途广泛。乌桕的种子可以榨取桕油，作为油纸、油伞等物的涂料。此外，乌桕树冠优美，到了秋季，叶子红艳，是一种美丽的观赏植物。

乌桕在我国的种植历史非常悠久，我国最早记载乌桕的文献是北朝贾思勰的《齐民要术》，其中引东晋郭璞《玄中记》云："荆、扬有乌臼，其实如鸡头。"

乌桕最美的季节在秋季，《长物志》中记载："秋晚叶红可爱，较枫树更耐久，茂林中有一株两株，不减石径寒山也。"而这一树树红叶，也成了诗人们笔下美丽的诗句。林逋在《水亭秋日偶书》中云："巾子峰头乌臼树，微霜未落已先红"，还有陆游的《晓晴肩舆至湖上》中有"梧桐已逐晨霜尽，乌臼犹争夕照红"之句。

杏园 [1] 中枣树

〔唐〕白居易

人言百果中，唯枣凡且鄙。
皮皴 [2] 似龟手 [3]，叶小如鼠耳。
胡为不自知？生花此园里。
岂宜遇攀玩，幸免遭伤毁。
二月曲江头，杂英 [4] 红旖旎 [5]。
枣亦在其间，如嫫 [6] 对西子。
东风不择木，吹煦 [7] 长未已。
眼看欲合抱，得尽生生理 [8]。
寄言游春客，乞君一回视。
君爱绕指柔 [9]，从 [10] 君怜柳杞。
君求悦目艳，不敢争桃李。
君若作大车，轮轴材须此。

注释

[1] 杏园：园名，位于唐代都城长安东南，是春季新科进士宴游的地方。
[2] 皴：皮肤受冻而裂开。
[3] 龟手：指冻裂的手。
[4] 杂英：各种花。
[5] 旖旎：轻柔的样子。
[6] 嫫（mó）：嫫，传说中黄帝的妻子，貌丑而有贤德。此处喻指枣树。
[7] 吹煦：吹拂温暖的风。煦，温暖。
[8] 生生理：语本《周易·系辞》："生生之谓易。"指生生不息的生长规律。
[9] 绕指柔：柔软得如可以缠绕在手指上。语本刘琨《重赠卢谌》："何意百炼刚，化为绕指柔！"
[10] 从：任凭。

浣溪沙·簌簌衣巾落枣花

〔宋〕苏轼

簌簌[1]衣巾落枣花，村南村北响缫[2]车，牛衣[3]古柳卖黄瓜。酒困路长惟欲睡，日高人渴漫思茶，敲门试问野人家。

注释

[1] 簌簌：形容纷纷落下的样子。

[2] 缫：缫丝。

[3] 牛衣：蓑衣，下雨时给牛披盖的御寒之物。

◎枣

　　枣是鼠李科枣属落叶小乔木，稀灌木，高可达10余米。枣树的树皮为褐色或灰褐色，短枝比长枝光滑，之字形曲折状，有纤细托叶刺。叶子为纸质，有卵形、卵状椭圆形，或卵状矩圆形。花为两性，黄绿色，单生或2~8个密集成聚伞花序，花瓣为倒卵圆形，花盘厚，为肉质。核果为矩圆形或长卵圆形，成熟时为红色，味甜。种子为扁椭圆形。枣的花期为5—7月，果期为8—9月。

　　枣的果实含有丰富的维生素C、维生素P，香甜可口，不仅可以直接食用，还可以制成蜜枣、果脯、枣泥等食品。枣的果实、果仁和根皆可入药，具有养胃、健脾等多种功效。此外，枣花的花期较长，还是良好的蜜源植物。

　　枣在我国的栽种历史至少已有三千年，《国风·豳风·七月》中就有关于枣的记载："八月剥枣，十月获稻。"《周礼·天官·笾人》中记载："馈食之笾，其实枣、栗、桃、干䅩、榛实。"可见，枣在先秦时期已是祭祀用的果品。据《史记·苏秦列传》记载，燕国"南有碣石、雁门之饶，北有枣栗之利，民虽不佃作，而足于枣栗矣。此所谓天府者也！"可见当时枣已是燕国北方主要的经济作物了。

　　在古诗词作品中，也有很多歌咏枣树的佳作。如李颀在《送陈章甫》中云"四月南风大麦黄，枣花未落桐叶长"，苏轼在《浣溪沙·徐门石潭谢雨道上作》中则有"簌簌衣巾落枣花"之句。

瑞鹧鸪·双银杏

〔宋〕李清照

　　风韵雍容未甚都 [1]，尊前甘橘可为奴 [2]。谁怜流落江湖 [3] 上，玉骨冰肌 [4] 未肯枯。

　　谁教并蒂连枝摘，醉后明皇倚太真 [5]。居士 [6] 擘 [7] 开真有意，要吟风味两家新 [8]。

注释

[1] 都：美丽，优美。《史记·司马相如列传》："相如之临邛，从车骑，雍容闲雅甚都。"

[2] 甘橘可为奴：甘橘的别称为木奴。

[3] 流落江湖：此处指双银杏被折下，离开银杏树。

[4] 玉骨冰肌：以肌肤喻指银杏之晶莹。

[5] 醉后明皇倚太真：此处指银杏双双相倚，如唐玄宗与杨贵妃般亲密无间。

[6] 居士：词人自指，李清照号易安居士。

[7] 擘：掰开。

[8] 新：此处应是谐音"心"。

◎银杏

　　银杏是银杏科银杏属乔木，高可达40米。银杏的树皮为灰褐色，粗糙，有深纵裂。银杏的叶子为扇形，有长柄，于树枝上螺旋状散生，淡绿色，秋季落叶前变为黄色。球花雌雄异株，雄球花为淡黄色，菜荑花序状，雌球花为淡绿色。种子有长梗，为椭圆形、长倒卵形、卵圆形或近圆球形，成熟时为黄色或橙黄色，外被白粉。银杏的花期为3—4月，种子在9—10月成熟。

　　银杏树形高大优美，秋季时，树叶尽染黄色，非常美观，可作为庭园观赏树和行道树。银杏的木材结构细，质轻软，是制作建筑、家具、雕刻等的优良材料。银杏果又称为白果，可以食用，亦可入药。《本草纲目》中记载：银杏"熟食温肺益气，定喘嗽，缩小便，止白浊。生食降痰，消毒杀虫。"不过银杏有小毒，不可多食，或煮熟后食用，以减少毒性。银杏的叶子可以作药用，还可以制作杀虫剂和肥料。

　　银杏在我国的种植历史非常久远，在汉代时已有关于银杏的文字记载。司马相如在《上林赋》中有"沙棠栎槠，华枫枰栌"之句，其中"枰"指的是平仲树，也就是银杏树。

　　银杏在我国古代深受文人墨客的喜爱，在古诗词作品中多有体现。欧阳修在《和圣俞李侯家鸭脚子》中写道："鸭脚生江南，名实未相浮。绛囊因入贡，银杏贵中州。"其中"鸭脚"指的是银杏树，以银杏叶形似鸭脚而得名。还有陆游在《十月旦日至近村》中有"鸭脚叶黄乌臼丹，草烟小店风雨寒"之句，表现了秋季银杏叶黄之美。

栽杉

〔唐〕白居易

劲叶森利剑，孤茎挺端标 [1]。

才高四五尺，势若干青霄 [2]。

移栽东窗前，爱尔 [3] 寒不凋。

病夫 [4] 卧相对，日夕闲萧萧。

昨为山中树，今为檐下条。

虽然遇赏玩，无乃 [5] 近尘嚣？

犹胜涧谷底，埋没随众樵。

不见郁郁松，委质山上苗 [6]？

注释

[1] 标：树梢。李白《蜀道难》："上有六龙回日之高标，下有冲波逆折之回川。"

[2] 青霄：青天，高空。

[3] 尔：你，指杉树。

[4] 病夫：作者自指。

[5] 无乃：莫非，恐怕，表示委婉的揣测的语气。

[6] 不见郁郁松，委质山上苗：左思《咏史八首（其二）》："郁郁涧底松，离离山上苗。以彼径寸茎，荫此百尺条。"委质，臣服。

◎杉木

杉木是杉科杉木属乔木，高可达30米。杉木通常小树呈尖塔形，大树呈锥形，树皮有长条形裂片，小枝对生或轮生。叶子为披针形或条状披针形，微弯，通常在主枝上辐射伸展，侧枝上形成2列。雄球花为圆锥状，多个簇生于枝顶；雌球花单生或2~4个集生，绿色。球果为卵圆形，成熟时变为棕黄色，呈三角状卵形。种子扁平，长卵形或矩圆形，暗褐色。杉木的花期为4月，球果在10月下旬成熟。

杉木在我国的分布比较广，在长江流域和秦岭以南地区的栽培最为广泛。杉木生长较快、木材优良、用途广，经济价值很高。其木材细致、质软、纹理直、易加工，可用来作为建筑、家具等的材料。此外，杉木的根、皮、球果、叶皆可入药，具有较高的药用价值。

杉木的种植历史非常悠久，在我国关于杉木的文字记载至少已有两千余年的历史了。郭璞注《尔雅》云："煔似松，生江南，可以为船及棺材，作柱埋之不腐也。"其中"煔"指的就是杉木。

杉木在我国古代深受文人墨客的喜爱，在古诗词作品中有很多吟咏杉木的诗句。如韦应物曾写有一首《郡斋移杉》，其中写道："擢干方数尺，幽姿已苍然。结根西山寺，来植郡斋前。新含野露气，稍静高窗眠。虽为赏心遇，岂有岩中缘。"王昌龄在《岳阳别李十七越宾》中有"杉上秋雨声，悲切蒹葭夕"之句。

长寿乐·南昌生日 [1]

〔宋〕李清照

微寒应候 [2]，望日边、六叶阶蓂 [3] 初秀。爱景 [4] 欲挂扶桑，漏残银箭 [5]，杓回摇斗 [6]。庆高闳此际，掌上一颗明珠剖。有令容淑质，归 [7] 逢佳偶。到如今，昼锦满堂贵胄。

荣耀，文步紫禁，一一金章绿绶。更值棠棣连阴 [8]，虎符熊轼 [9]，夹河分守。况青云咫尺，朝暮重入承明后。看彩衣争献，兰羞玉酎 [10]。祝千龄，借指松椿 [11] 比寿。

注释

[1]《长寿乐·南昌生日》：徐培均《李清照集笺注》："此词盖为韩肖胄母文氏而作。文氏，名相彦博孙女。南昌，乃夫人诰命。"

[2] 应候：顺应时令节候。

[3] 阶蓂（mì）：蓂荚，瑞草名。

[4] 爱景：冬天的太阳。杜预注《左传》云："冬日可爱，夏日可畏。"景，太阳。

[5] 漏残银箭：漏壶中的水快要滴尽，指天将明。银箭，指漏壶中刻有度数的标尺。

[6] 杓回摇斗：指斗柄回转，春天就要到来。杓，勺子柄。特指北斗七星中的第五、六、七颗星，因位于北斗的柄部，因此得名，又称斗柄。

[7] 归：出嫁。

[8] 棠棣连阴：指兄弟福荫相继。棠棣，指兄弟。

[9] 熊轼：古代高官所乘之车，车前横轼为伏熊形状。后指公卿和地方长官。

[10] 兰羞玉酎：指美味佳酿。

[11] 松椿：古人以松椿表示长寿。

◎香椿

香椿是楝科香椿落叶乔木。香椿的树皮粗糙，为深褐色。叶子为偶数羽状复叶，有30~50厘米长柄，小叶对生或互生，16~20片，卵状披针形或卵状长椭圆形。圆锥花序，小聚伞花序生于小枝上，多花，白色，花瓣呈长圆形。蒴果为狭椭圆形，深褐色。香椿的花期为6—8月，果期为10—12月。

香椿木不仅纹理美丽，而且坚硬、耐腐，可作为家具、船只和室内装饰品的优良木材。香椿的根皮与果实皆可入药，具有收敛止血、去湿止痛的功效。香椿还被称为"树上蔬菜"，香椿的幼芽可以食用，可做成炒菜、凉拌等多种菜肴。

香椿在我国有着悠久的种植历史，早在先秦时，庄子便在《逍遥游》中记载："上古有大椿者，以八千岁为春，八千岁为秋。"可见，椿不仅是一种古树，而且寿命非常长。因此古人常以"椿"代表长寿，并以"椿"来表达祝寿之意。

在古诗词作品中，诗人们常用"椿"来作为长寿的意象。如柳永在《御街行·圣寿》中写道："椿龄无尽，萝图有庆，常作乾坤主。"白居易在《齐物二首》中有"椿寿八千春，槿花不经宿"之句。

楠树为风雨所拔叹

〔唐〕杜甫

倚江楠树草堂前，故老 [1] 相传二百年。

诛茅 [2] 卜居 [3] 总为此，五月仿佛闻寒蝉。

东南飘风 [4] 动地至，江翻石走流云气。

干排雷雨犹力争，根断泉源岂天意？

沧波老树性所爱，浦上 [5] 童童 [6] 一青盖。

野客频留惧雪霜，行人不过听竽籁 [7]。

虎倒龙颠委榛棘 [8]，泪痕血点垂胸臆。

我有新诗何处吟，草堂自此无颜色。

注释

[1] 故老：阅历深的老人。

[2] 诛茅：除去杂草。

[3] 卜居：选择居处。

[4] 飘风：暴风。

[5] 浦上：水边。

[6] 童童：枝叶茂盛的样子。

[7] 竽籁：两种乐器名，此处形容楠树在风中的声音。

[8] 虎倒龙颠委榛棘：指楠木被拔倒于灌木丛中。榛棘，灌木。

◎楠木

楠木是樟科楠属常绿大乔木，树干通直，高可达30余米。楠木的小枝较细，近圆柱形。叶子为革质，呈椭圆形、披针形或倒披针形，叶片上面光亮无毛，下面有密密的短绒毛，叶脉明显。聚伞状圆锥花序较开展，每个花序有3~6朵花。果实为椭圆形，长1.1~1.4厘米，直径6~7毫米。楠木的花期为4—5月，果期为9—10月。

楠木高大挺拔，枝叶繁茂，树叶四季常青，是良好的观赏与绿化树。

楠木在我国主要有三种，金丝楠、香楠和水楠。楠木是我国著名的珍贵木材，其木质坚硬、纹理细密、不易变形，且有香气，是用于建筑、家具等的优良木材。正如唐代史俊在《题巴州光福寺楠木》中所言："凌霜不肯让松柏，作宇由来称栋梁。"

在我国的古诗词作品中，亦有很多关于楠木的佳作。其中杜甫尤爱楠木，曾为楠木写过多篇诗歌，除前文的《楠树为风雨所拔叹》外，还有一首《高楠》，诗云："楠树色冥冥，江边一盖青。近根开药圃，接叶制茅亭。落景阴犹合，微风韵可听。寻常绝醉困，卧此片时醒。"还有陆游也曾在《晚步》中写道："院荒有古意，僧少无人声。徘徊楠阴下，赏此落日明。"

病中观辛夷花

〔宋〕陆游

余生垂九十，一病理一衰 [1]；
旬月 [2] 不自保，敢作期岁 [3] 期？
粲粲女郎花 [4]，忽满庭前枝，
繁华虽少 [5] 减，高雅亦足奇。
持杯酹 [6] 花前，事亦未可知。
明年倘未死，一笑当解颐 [7]。

注释

[1] 衰：衰微，衰退，衰老。
[2] 旬月：一个月。
[3] 岁：年。
[4] 女郎花：辛夷又名女郎花。
[5] 少：稍。
[6] 酹：以酒洒地，表示祭奠。
[7] 解颐：开颜而笑。颐，脸颊。

◎紫玉兰

　　紫玉兰，又名辛夷，是木兰科紫玉兰属落叶灌木，一般为丛生，高可达3米。紫玉兰的树皮为灰褐色，树枝为绿紫色或淡褐紫色。叶子椭圆状倒卵形或倒卵形，长8~18厘米，宽3~10厘米，与花同时开放。紫玉兰的花瓣为肉质，呈椭圆状倒卵形，外面紫色或紫红色，里面带白色。聚合果为深紫褐色，圆柱形，菁葖成熟后为近圆形，顶端有短喙。紫玉兰的花期为3—4月，果期为8—9月。

　　紫玉兰是我国的传统花卉，花朵艳丽，姿态优雅，是极佳的早春观赏花木。紫玉兰的皮、叶、花蕾皆可入药。其中干燥的花蕾又称为辛夷，是我国常用的传统中药，有镇痛消炎的功效，可以治疗鼻炎、头痛等病症。

　　在我国古代，紫玉兰被称为辛夷，很多文人墨客皆对辛夷青睐有加，为辛夷留下了众多美丽的诗篇。如白居易在《题灵隐寺红辛夷花戏酬光上人》中写道："紫粉笔含尖火焰，红胭脂染小莲花。芳情乡思知多少，恼得山僧悔出家。"还有王维的《辛夷坞》："木末芙蓉花，山中发红萼。涧户寂无人，纷纷开且落。"诗人笔下的辛夷美丽不可方物，谁能不爱呢？

玉蝴蝶·赋玉绣球花

〔宋〕张炎

留得一团和气，此花开尽，春已规 [1] 圆。虚白窗深，恍讶碧落 [2] 星悬。扬芳丛、低翻雪羽 [3]，凝素艳、争簇冰蝉 [4]。向西园，几回错认，明月秋千。

欲觅生香何处？盈盈一水，空对娟娟 [5]。待折归来，倩谁偷解玉连环 [6]。试结取、鸳鸯锦带，好移傍、鹦鹉珠帘。晚阶前，落梅无数，因甚啼鹃？

注释

[1] 规：圆规，画圆的工具。此句意为春季已经结束，犹如以圆规画圆一般。
[2] 碧落：天空。白居易《长恨歌》："上穷碧落下黄泉，两处茫茫皆不见。"
[3] 雪羽：形容绣球花瓣。
[4] 冰蝉：代指绣球花瓣。
[5] 娟娟：美好的样子。
[6] 玉连环：喻指绣球花。

◎绣球

绣球是绣球花科绣球属植物，灌木，通常高1~4米。绣球的枝条为圆柱形，较粗壮，茎常由基部生长放射枝形成圆形灌丛。叶子为倒卵形或阔椭圆形，纸质或近革质，叶边有粗齿。绣球花呈近球形的伞房状聚伞花序，直径可达8~20厘米，花瓣长圆形，有粉红色、白色、紫色、淡蓝色等，一簇簇生长如绣球状，在6—8月开花。果实为长陀螺状蒴果。

绣球花又名八仙花、紫阳花，多生于山谷溪边，或山顶疏林中。绣球花大色美，具有非常高的观赏价值，因此也常被种植于园林中。绣球的花与叶皆可入药，有清热抗疟等功效，还可以治疗心脏病。

在我国古诗词作品中，有很多关于绣球花的美丽的诗词。如宋代顾逢在《玉绣球花》中写道："正是红稀绿暗时，花如圆玉莹无疵。何人团雪高抛去，冻在枝头春不知。"还有元稹在《六年春遣怀》中有"童稚痴狂撩乱走，绣球花仗满堂前"之句。

点绛唇·南香含笑

〔宋〕王十朋

南国名花，向人无语长含笑。缘[1]香囊小，不肯全开了。

花笑何人，鹤相诗词好。须知道。一经品藻[2]，又压前诗倒。

注释

[1] 缘：由于，因为。

[2] 品藻：品评，鉴定。

◎含笑花

含笑花是木兰科含笑属常绿灌木，高2~3米。含笑花的树皮为灰褐色，枝、芽、叶柄、花梗皆有黄褐色绒毛。叶子为狭椭圆形或倒卵状椭圆形，革质。花为淡黄色，边缘间有红色或紫色，有浓郁的香甜味，花被有6片，肉质，花内雄蕊长7~8毫米，雌蕊长约7毫米。有2~3.5厘米长的聚合果，蓇葖为卵圆形或球形，顶端有短喙。含笑花的花期为3—5月，果期为7—8月。

含笑花开放时，含蕾不尽开，故得"含笑"之名。该花原产于华南南部各地，广东有野生，多生于溪谷沿岸或阴坡杂木林中。含笑花四季常青，花美且芳香，可作为观赏花木。

含笑花的花瓣有水果的甜香味，常用来制成花茶，也可从中提取芳香油。

含笑花因其"半开微吐"之态，浓郁之芳香，吸引了众多诗人的咏叹。如杨万里的《含笑花》，诗云："菖蒲节序荬荷时，翠羽衣裳白玉肌。暗折花房须日暮，遥将香气报人知。半开微吐长怀宝，欲说还休竟俛眉。树脆枝柔惟叶健，不消更画只消诗。"将含笑花的神韵及对含笑花的喜爱表达得淋漓尽致。

生查子·惆怅彩云飞

〔清〕纳兰性德

惆怅彩云飞，碧落知何许 [1]。不见合欢花，空倚相思树。
总是别时情，那得分明语。判得最长宵，数尽厌厌 [2] 雨。

注释

[1] 何许：何处。
[2] 厌厌：形容绵绵不绝的样子。

◎合欢

合欢是豆科合欢属落叶乔木，高可达16米。合欢树的树冠开展，嫩枝、叶轴和花序都被绒毛。叶子为二回羽状复叶，有4~12对羽片，有10~30对小叶，小叶形状为线形至长圆形，昼开夜合。合欢花为头状花序，在枝顶排成圆锥花序，花丝约2.5厘米，粉红色。果实为带状荚果，长9~15厘米，宽1.5~2.5厘米。合欢的花期为6—7月，果期为8—10月。

合欢树耐砂土和干燥的气候，生长迅速，且花朵如簇绒般可爱，可作为城市行道树与观赏树。合欢树的木材耐久，可用来制造家具。叶子嫩时可以食用，老后还可用来洗衣服。合欢还具有药用价值，树皮可入药治疗跌打损伤，合欢花入药具有解郁安神的效果。

合欢花在我国传统文化中有着美好的寓意，代表着夫妻和睦，家人团结。由于合欢的叶子昼开夜合，因此合欢还代表着和好的寓意，当夫妻、朋友间发生争吵时，可互赠合欢花表达和好之意。

古代诗词中吟咏合欢的作品也有很多，常用来表相思之意。如纳兰性德在《生查子》中的"不见合欢花，空倚相思树"之句。元好问在《江城子·绣香奁曲》中云："向道相思、无路莫相思。枉绣合欢花样子，何日是、合欢时。"

蝶恋花·紫菊初生朱槿坠

〔宋〕晏殊

　　紫菊初生朱槿坠。月好风清，渐有中秋意。更漏乍长天似水。银屏展尽遥山翠。

　　绣幕卷波 [1] 香引穗 [2]。急管繁弦，共庆人间瑞 [3]。满酌玉杯萦舞袂。南春祝寿千千岁。

注释

[1] 卷波：卷白波，为古代酒令的一种。

[2] 穗：指灯芯或烛花。

[3] 人间瑞：人瑞，形容长寿之人。

◎朱槿	朱槿是锦葵科木槿属常绿灌木，通常高约1~3米。朱槿的小枝为圆柱形，叶子为阔卵形或狭卵形，边缘有粗齿或缺刻。花单生于上部叶腋间，常下垂。花萼呈钟形，花冠呈漏斗形，花瓣呈倒卵形，有玫瑰红、淡红、淡黄等色，雄蕊较长，有4~8厘米。朱槿的果实为卵形蒴果，较平滑，有喙。花期为全年，四季常开。 　　朱槿又名扶桑，在我国的种植历史非常悠久。先秦时期的《山海经·海外东经》中便记载："汤谷上有扶桑，十日所浴，在黑齿北。"屈原在《楚辞·九歌·东君》中云："暾将出兮东方，照吾槛兮扶桑。" 　　在西晋嵇含所著的《南方草木状》中对朱槿有较为详细的记载："朱槿花，茎叶皆如桑，叶光而厚，树高止四五尺，而枝叶婆娑。自二月开花，至中冬即歇。其花深红色，五出，大如蜀葵。有蕊一条，长于花，叶上缀金屑，日光所烁，疑若焰生。一丛之上，日开数百朵。朝开暮落。插枝即活。出高凉郡，一名赤槿，一名日及。" 　　朱槿多种植于南方，观赏期非常长，颜色鲜艳，品种繁多，是非常好的观赏花木。此外，扶桑还具有药用价值，根、叶、花皆可入药，有解毒消肿、清热利水的效果。 　　我国古代有很多喜爱朱槿的诗人，他们留下了很多优美的诗词吟咏朱槿。如李绅在《朱槿花》中写道："瘴烟长暖无霜雪，槿艳繁花满树红。每叹芳菲四时厌，不知开落有春风。"还有李商隐、晏殊等，都曾在自己的诗词中赞美过朱槿。

第二篇　草本植物

CAOBEN ZHIWU

菊花

〔唐〕元稹

秋丛[1]绕舍似陶家[2]，遍绕篱边日渐斜。
不是花中偏爱菊，此花开尽更无花。

注释

[1] 秋丛：菊丛。
[2] 陶家：指陶渊明的家。

菊

〔唐〕李商隐

暗暗淡淡紫，融融冶冶 [1] 黄。

陶令篱边色，罗含宅里香 [2]。

几时禁重露，实是怯残阳。

愿泛金鹦鹉 [3]，升君白玉堂。

注释

[1] 融融冶冶：明丽鲜艳。

[2] 罗含宅里香：《晋书·罗含传》："（罗含）致仕还家，阶庭忽兰菊丛生，以为德行之感。"罗含，字君章，东晋著名才子，文学家、哲学家。

[3] 金鹦鹉：金制的鹦鹉嘴形状的酒杯。

◎菊花

菊花是菊科菊属多年生草本植物。菊茎直立生长，有时会有分枝，茎上有细小的茸毛。菊花的叶子为卵形或披针形，边缘有粗大的锯齿或深裂。花形为头状花序，由于菊花的品种较多，花的形状各不相同。菊花的颜色也有很多，有红、黄、白、紫、粉红等各色。花期多为秋季，果期在冬季。

菊花原产于中国，性喜温暖，耐寒冷，适应能力强，因此无论是在山地、湿地、田边、路旁都可见到菊花。菊花在中国有着悠久的种植历史，《礼记·月令篇》中就有"季秋之月，……鞠有黄华"的记载。菊花在中国还有药用的功能，《神农本草经》中言菊花"久服利血气，轻身耐老延年"。此外，我国还有悠久的酿造菊花酒的历史，《西京杂记》中记载："菊花舒时，并采茎叶，杂黍米酿之，至来年九月九日始熟，就饮焉，故谓之菊花酒。"

诗人们喜爱菊花，其中更多的原因是他们在菊花上寄托了很多的情感，菊花代表了他们内心的追求。自陶渊明的"采菊东篱下，悠然见南山"成名之后，菊花便成了隐士的代名词，诗人们常借菊花表达文人的傲骨和退隐山林的理想；在黄巢的"待到秋来九月八，我花开后百花杀"中，菊花又代表了一种豪迈与侠气的精神；在李清照的"莫道不销魂，帘卷西风，人比黄花瘦"中，菊花又比喻年华渐老、人之憔悴，暗示相思之深。

添字丑奴儿·芭蕉

〔宋〕李清照

窗前谁种芭蕉树？阴满中庭。阴满中庭，叶叶心心，舒卷有余情。

伤心枕上三更雨，点滴霖霪 [1]。点滴霖霪，愁损北人 [2]，不惯起来听！

注释

[1] 霖霪：形容雨连绵不绝，滴滴答答下个不停。

[2] 北人：指靖康之变后，流离到南方的人，此处李清照以北人自比。

生查子·含羞整翠鬟

〔宋〕欧阳修

含羞整翠鬟[1]，得意频相顾。雁柱[2]十三弦，一一春莺语[3]。
娇云容易飞，梦断知何处。深院锁黄昏，阵阵芭蕉雨。

注释

[1] 翠鬟：女子的发髻。
[2] 雁柱：筝柱，也称"雁筝"。筝有十三弦，每弦有一柱，排列的形状
如雁行斜列，故称"雁柱"。
[3] 春莺语：形容筝声委婉动听。韦庄《菩萨蛮》："琵琶金翠羽，弦上
黄莺语。"

◎芭蕉

芭蕉是芭蕉科芭蕉属多年生草本植物。芭蕉是比较高大的草木，高达2.5~4米。其叶为长圆形，绿色，有光泽，长2~3米，宽25~30厘米，叶柄粗壮。花序顶生，下垂，苞片为红褐色或紫色。其果实为三菱状，长圆形，长5~7厘米。芭蕉的花期为夏季，果期为秋季。

芭蕉在我国的栽种历史非常悠久，在《列子·周穆王》中就有"郑人有薪于野者，遇骇鹿，御而击之，毙之。恐人之见之也，遽而藏诸隍中，覆之以蕉"的记载。

由于芭蕉叶大浓绿，形态优美，因此芭蕉是我国园林中常见的景观植物，常栽种于庭院、窗前或墙角等地，掩映成趣。芭蕉的果实亦称"芭蕉"，芭蕉形状与香蕉相似，营养也差不多，都有润肠通便之效。其根茎还有清热解毒的效用。

在诗人的笔下，芭蕉总与雨之间有着不解之缘，常用雨打芭蕉之声表达诗人的孤独、忧愁或离别之情感。李煜在《长相思》中有"秋风多，雨相和，帘外芭蕉三两窠。夜长人奈何"之句；白居易在《夜雨》中有"隔窗知夜雨，芭蕉先有声"之句。

古风·其三十八

〔唐〕李白

孤兰生幽园，众草共芜没 [1]。
虽照阳春晖 [2]，复悲高秋 [3] 月。
飞霜早淅沥 [4]，绿艳恐休歇。
若无清风 [5] 吹，香气为谁发。

注释

[1] 芜没：荒芜埋没。
[2] 晖：日光。
[3] 高秋：九月，亦指深秋。
[4] 淅沥：形容细细落下的样子。
[5] 清风：这里以清风喻指知己。葛洪《抱朴子·交际》有云："芳兰之
芬烈者，清风之功也；屈士起于丘园者，知己之助也。"

◎兰花

兰花是兰科兰属草本植物。兰通常有数枚至多枚叶子，叶状细长。总状花序，有数花或多花，也有较少的单花。我国的传统名花中的兰花主要指的是中国兰属植物中的几种地生兰，如春兰、蕙兰、寒兰、建兰、墨兰等。中国的兰花大多花色淡雅，气味清香，兰叶终年鲜绿，姿态优美，具有很高的观赏价值。

在中国，兰花被誉为"花中君子"，兰花给人们的印象便是高洁、淡雅。古代的文人们常将高雅的诗文称为"兰章"，将志同道合的友谊称为"兰交"，将芳洁高雅的居室称为"兰室"，将书信的珍贵称为"兰讯"……可见，在人们的心目中，兰就是美好与高雅的代名词。

兰花也是文人墨客的心中所爱，诗人们留下了很多歌咏兰花的诗词。如陶渊明在《饮酒·幽兰生前庭》中云："幽兰生前庭，含薰待清风。"李白在《于五松山赠南陵常赞府》中云："为草当作兰，为木当作松。"苏轼在《题杨次公春兰》中云："春兰如美人，不采羞自献。"曹组在《卜算子·兰》中有"着意闻时不肯香，香在无心处"之句。

采莲曲

〔唐〕李白

若耶溪^[1]傍采莲女，笑隔荷花共人语。
日照新妆水底明，风飘香袖空中举。
岸上谁家游冶郎^[2]，三三五五映垂杨。
紫骝^[3]嘶入落花去，见此踟蹰^[4]空断肠。

注释

[1] 若耶溪：地名，在今浙江绍兴市南。
[2] 游冶郎：指出游寻乐的男子。
[3] 紫骝：古骏马名。
[4] 踟蹰：徘徊。

◎莲

莲是莲科莲属多年生水生草本植物。莲的根茎叫作藕，横生，肥厚，内有很多纵行通气孔道，节部缢缩。荷叶为圆形，盾状，绿色，直径25~90厘米，上方光滑，下方有叶脉从中央向四面射出，有粗壮的叶柄，圆柱形，长1~2米。莲花的花梗与叶柄相似，花直径10~20厘米，花瓣为红色、粉红色或白色，由外向内渐小。花谢后，生莲蓬与莲子。莲子为椭圆形或卵形，成熟时为黑褐色。莲的花期为6—8月，果期为8—10月。

莲，又叫荷、荷花、菡萏、芙蕖、芙蓉等，产于我国南北各省。莲不仅具有非常高的观赏价值，还是中国的传统美食。除了莲藕清爽甜脆，莲子也是非常美味的食物，而且荷叶包裹食物加工后，也具有独特的香味。此外，莲还具有药用价值，一直作为中药材沿用至今。

在中国，莲代表了清雅高洁的形象，象征了高尚的人格。最著名的应属周敦颐的《爱莲说》："予独爱莲之出淤泥而不染，濯清涟而不妖，中通外直，不蔓不枝，香远益清，亭亭净植，可远观而不可亵玩焉。"莲在人们心中的形象是仪态端庄，光明磊落的花中君子。

在中国的诗词作品中，莲给了我们很多美好的画面与艺术的享受。如耳熟能详的"小荷才露尖尖角，早有蜻蜓立上头""接天莲叶无穷碧，映日荷花别样红""兴尽晚回舟，误入藕花深处"等。

此外，诗人们还常借莲花表达美好的、高尚的品质。如李商隐在《赠荷花》中云："惟有绿荷红菡萏，卷

◎莲	舒开合任天真。"孟浩然在《题大禹寺义公禅房》中云："看取莲花净，应知不染心。"李白在《经乱离后天恩流夜郎忆旧游书怀赠江夏韦太守良宰》中云："清水出芙蓉，天然去雕饰。"

素描——莲花

岸上谁家游冶郎，三三五五映垂杨。
紫骝嘶入落花去，见此踟蹰空断肠。

——〔唐〕李白

侧犯·咏芍药

〔宋〕姜夔

恨春易去。甚春却向扬州住[1]。微雨。正茧栗[2] 梢头弄诗句。红桥二十四[3]，总是行云处。无语。渐半脱宫衣[4] 笑相顾。

金壶[5] 细叶，千朵围歌舞。谁念我、鬓成丝，来此共尊俎[6]。后日西园，绿阴无数。寂寞刘郎[7]，自修花谱。

注释

[1] 甚春却向扬州住：为何春光住在了扬州。甚，怎么。扬州，吴曾在《能改斋漫录》中引孔武仲《芍药谱》云："扬州芍药，名于天下，非特以多为夸也；其敷腴盛大而纤丽巧密，皆他州所不及。"

[2] 茧栗：喻指花的蓓蕾。黄庭坚在《广陵早春》中云："红药梢头初茧栗。"

[3] 红桥二十四：对于二十四桥有两种说法。一种说法据沈括《梦溪笔谈·杂志》，言杭州有名之桥有二十四座；另一种说法为二十四桥是桥名，据李斗《扬州画舫录》云："廿四桥即吴家砖桥，一名红药桥。"

[4] 半脱宫衣：喻指花蕾半开。

[5] 金壶：喻指盛开的芍药。

[6] 尊俎：宴席。尊，酒器名；俎，古代切肉的砧板。

[7] 刘郎：据《宋史·艺文志》记载，刘攽曾著有一卷《芍药谱》，如今已经失传。

◎芍药

芍药是芍药科芍药属多年生草本植物。芍药的根比较粗壮，分枝为黑褐色。茎高有 40~70 厘米。芍药的叶子为狭卵形、椭圆形或披针形。花生于茎顶和叶腋，通常开数朵，有时只有顶端开一朵，花盘为浅杯状，花瓣有红色、粉红色、白色等各种颜色。果实长 2.5~3 厘米，顶端有喙。花期为 5—6 月，果期为 8 月。

芍药除了可用来观赏，还具有药用功能。芍药的根称为"白芍"，是一味中药，具有镇痛、镇痉、祛瘀、通经的功效。此外，芍药的种子还可以制成皂和涂料。

芍药的别名为"将离""离草"，代表了分离的意思，自古以来，承载了人们很多离别的愁思和对故人的思念。《诗经·郑风·溱洧》云："维士与女，伊其相谑，赠之以勺药。"姜夔在《扬州慢·淮左名都》中云："二十四桥仍在，波心荡、冷月无声。念桥边红药，年年知为谁生？"元稹在《忆杨十二巨源》中云："去时芍药才堪赠，看却残花已度春。只为情深偏怆别，等闲相见莫相亲。"我国的诗人中亦有很多爱芍药者，如韩愈曾在《芍药歌》中云"丈人庭中开好花，更无凡木争春华"，赞赏了芍药之特立独行，不与百花争春的品质。

严郑公宅同咏竹（得香字）

〔唐〕杜甫

绿竹半含箨^[1]，新梢才出墙。
色侵书帙^[2]晚，阴过酒樽凉。
雨洗娟娟净，风吹细细香。
但令无剪伐，会见拂云长。

注释

[1] 箨：笋壳。
[2] 帙：包书的布套。

◎竹

竹是禾本科竹亚科多年生草本植物。竹的种类繁多，在我国竹亚科中，经济价值最大、种类众多的一属是刚竹属。通常来说，竹竿为圆筒形，直且中空，有多节。叶为披针形至带状披针形，如剑状。竹花是如稻穗一般的花朵，有黄、绿、白等不同种颜色。

自古以来，竹都在中国人的日常生活中发挥着巨大的作用。竹可以制作成各种生活中常用的工具，如家具、厨具等，甚至于可制成水上交通工具，如竹筏。竹还可以用来制作乐器，众多的管乐器都是由竹制成的，因此人们常用"丝竹"来指代音乐。此外，竹笋还是中国饭桌上一道美味的食物。值得一提的是，竹在先秦时期就被制为竹简，作为书写工具，为传承中国传统文化作出了重要的贡献。

竹与梅花、兰花、菊花并称为花中"四君子"，《诗经·卫风·淇奥》中云："瞻彼淇奥，绿竹猗猗。有匪君子，如切如磋，如琢如磨。"在古人眼中，竹便是君子的化身。竹的君子之风，体现在它的劲节、虚空与萧疏，分别代表了不屈的气节、谦虚的胸怀和超群脱俗的气质。郑燮在《竹石》中云："咬定青山不放松，立根原在破岩中。千磨万击还坚劲，任尔东西南北风！"体现了竹顽强又执着的精神。

次韵中玉 [1] 水仙花二首

〔宋〕黄庭坚

其一

借水开花自一奇，水沉 [2] 为骨玉为肌。

暗香已压酴醾 [3] 倒，只比寒梅无好枝。

其二

淤泥解作白莲藕，粪壤能开黄玉花 [4]。

可惜国香 [5] 天不管，随缘流落小民家。

注释

[1] 中玉：马瑊，字中玉，时为荆州知州。此诗为黄庭坚与马瑊诗文往来唱和时所作。

[2] 水沉：沉香木。

[3] 酴醾：花名，以芳香著称。

[4] 黄玉花：水仙花的别名。

[5] 国香：既指水仙花，又暗喻诗人自己。

◎水仙

　　水仙是石蒜科水仙属多年生草本植物。水仙的茎是鳞茎，卵球形。叶子扁平，为宽线形，长20~40厘米，宽0.8~1.5厘米，粉绿色。水仙的花梗长短不一，伞形花序，有花4~8朵，花瓣多为6片，卵圆形至阔椭圆形，白色；副花冠为浅杯状，淡黄色，因此水仙也被称为"金盏银台"。花期为春季。

　　水仙在中国已有一千多年的栽培历史了，唐代学者段公路在《北户录》中曾记载："孙光宪续注曰，从事江陵日，寄住蕃客穆思密尝遗水仙花数本如橘，置于水器中，经年不萎。"水仙素洁优雅，芬芳清新，具有极高的观赏价值。同时，水仙也具有药用价值，李时珍在《本草纲目》中亦有关于水仙作为药物的记载。

　　水仙在我国有"凌波仙子"之称，人们将水仙花与兰花、菊花、菖蒲并称为"花草四雅"，又与梅花、山茶花、迎春花并称为"雪中四友"。

　　我国古代的诗人们对水仙亦是情有独钟，尤其是宋朝，咏水仙的诗词更多。如黄庭坚在《王充道送水仙花五十支欣然会心为之作咏》中云："凌波仙子生尘袜，水上轻盈步微月。是谁招此断肠魂，种作寒花寄愁绝？"陈与义在《用前韵再赋四首（其四）》中云："欲识道人门径深，水仙多处试来寻。"李商隐在《板桥晓别》中云："水仙欲上鲤鱼去，一夜芙蓉红泪多。"

萱

〔唐〕李峤

屣 [1] 步寻芳草 [2]，忘忧自结丛。
黄英开养性，绿叶正依笼 [3]。
色湛仙人露，香传少女风。
还依 [4] 北堂 [5] 下，曹植动文雄 [6]。

注释

[1] 屣（xǐ）：拖着鞋走，一作"履"。

[2] 草：一作"日"。

[3] 黄英开养性，绿叶正依笼：一作"叶舒春夏绿，花吐浅深红"。

[4] 还依：一作"含贞"。

[5] 北堂：《诗经·卫风·伯兮》："焉得谖草，言树之背。"谖草即萱草，毛氏传："背，北堂也。"《仪礼·士昏礼》："妇洗在北堂。"后以"北堂"指主妇所居之处。后引申"萱堂""北堂"为母亲的住处，或母亲的代称，"北堂"也成了咏萱草常用的典故。

[6] 文雄：文豪。

◎萱草

萱草是百合科萱草属多年生草本植物。萱草在我国的种植历史非常悠久，在长期的栽培下，萱草的种类极多，分布区域也难以判断。就其主要特征来看，萱草的根部接近肉质，中下部膨大如纺锤状；萱草的叶子为条形，一般比较宽；花为橘红色至橘黄色，无香味，早上开花晚上凋谢。萱草的花果期为5—7月。

萱草在我国的种植历史非常久远，在《诗经》中已有记载。《诗经·卫风·伯兮》中云："焉得谖草，言树之背。"谖草指的就是萱草，而谖又有"忘"的意思，因此萱草便有了一个好听的名字——忘忧草。

在中国古诗词中，有很多咏萱草的佳作，而诗人们也常将萱草与"忘忧"联系在一起。如韦应物在《对萱草》中云："何人树萱草，对此郡斋幽。本是忘忧物，今夕重生忧。"白居易在《酬梦得比萱草见赠》中云："杜康能散闷，萱草解忘忧。"

此外，萱草花在我国还被称为母亲花，古人常以"萱堂"代指母亲。在古诗词中，萱草常被用来表达对母亲的爱与思念。如孟郊在《游子》中写道："萱草生堂阶，游子行天涯。慈亲倚堂门，不见萱草花。"还有叶梦得在《遣模归按视石林》中的"白发萱堂上，孩儿更共怀"之句。

体斋西轩观玉簪花偶作

〔明〕李东阳

小园纡^[1]步玉堂阴，堂下花开白玉簪。
浥露^[2]余香犹带湿，出泥幽意敢辞深。
冰霜自与孤高色，风雨长怀采掇^[3]心。
醉后相思不相见，月庭如水正难寻。

注释

[1] 纡：曲折。

[2] 浥（yì）露：湿润的露水。

[3] 采掇：采摘，采集。

◎玉簪

玉簪是百合科玉簪属草本植物。玉簪花的根茎粗厚，叶子为卵状心形、卵形或卵圆形，叶长14~24厘米，宽8~16厘米。花葶高达40~80厘米，花单生或2~3簇生，筒状漏斗形，白色，有芳香。蒴果为圆柱状，有3棱，长约6厘米。玉簪的花果期为8—10月。

从功能来看，玉簪花高贵优雅，是非常受欢迎的庭院景观植物。另外，玉簪还可以入药，《本草纲目》中记载："捣汁服，解一切毒，下骨哽，涂痈肿。"可见，玉簪有解毒化瘀的功能。

玉簪花洁白如玉，形似玉簪，因而得名。黄庭坚诗云："玉簪堕地无人拾，化作江南第一花。"王安石赞曰："瑶池仙子宴流霞，醉里遗簪幻作花。"玉簪花形似玉簪，古代的女子非常喜爱以玉簪花簪发。李渔在《闲情偶寄》中写道："花之极贱而可贵者，玉簪是也。插入妇人髻中，孰真孰假，几不能辨，乃闺阁中必须之物。"不过完全开放的玉簪花比较软嫩，李渔所说应为玉簪花苞。

玉簪花不仅洁白雅致，还有微微的清香味，文人雅客们也爱将它写进诗词中。如元代刘因在《玉簪》中云"堂阴秋气集，幽花独清新"，赞玉簪之幽香。元好问在《古鸟夜啼·玉簪》中写道："花中闲远风流，一枝秋。只枉十分清瘦不禁愁。人欲去，花无语，更迟留。记得玉人遗下玉搔头。"

素描——玉簪

小园纤步玉堂阴，堂下花开白玉簪。
浥露余香犹带湿，出泥幽意敢辞深。

——〔明〕李东阳

石竹花二首·选一

〔宋〕王安石

退公诗酒乐华年，欲取幽芳近绮筵[1]。

种玉[2]乱抽青节瘦，刻缯[3]轻染绛[4]花圆。

风霜不放飘零早，雨露应从爱惜偏。

已向美人衣上绣，更留佳客赋婵娟。

注释

[1] 绮筵：丰盛的宴席。

[2] 种玉：指杨雍伯种石而生玉的故事。

[3] 刻缯（zēng）：刻丝，又名"缂丝"，一种丝质手工艺，始于宋代。
这种丝织品有花纹图案，对着天空照视，犹如刻镂而成，因此得名。

[4] 绛：深红色。

◎石竹

石竹是石竹科石竹属草本植物，高达 30~50 厘米。石竹的茎由根颈而出，直立，上部分枝。叶子为线状披针形，长 3~5 厘米，宽 2~4 毫米。花单生于枝端或数花形成聚伞花序，花瓣为倒卵状三角形，顶缘有不整齐齿裂，颜色有紫红色、粉红色、鲜红色或白色等。蒴果为圆筒形，种子为黑色，扁圆形。石竹的花期为 5—6 月，果期为 7—9 月。

石竹常生于山野间，亦可在庭院中栽培，具有较高的欣赏价值。明代王象晋在《广群芳谱》中写道："石竹，草品纤细而青翠，花有五色、单叶、千叶，又有剪绒，娇艳夺目，婵娟动人。一云千瓣者名洛阳花，草花中佳品也。"

文人雅士们在诗词作品中对石竹之美亦不吝称赞。如唐代司空曙在《云阳寺石竹花》中云："一自幽山别，相逢此寺中。高低俱出叶，深浅不分丛。野蝶难争白，庭榴暗让红。谁怜芳最久，春露到秋风。"王安石更是为石竹作了好几首诗，其中一首《石竹花》云："春归幽谷始成丛，地面芬敷浅浅红。车马不临谁见赏，可怜亦解度春风。"

由于石竹花娇艳多姿，古人常将它绣于衣服之上。这一点在诗人们的诗句中也可见一斑。如王安石的"已向美人衣上绣，更留佳客赋婵娟"之句。李白在《宫中行乐词八首（其一）》中云："山花插宝髻，石竹绣罗衣。"晏殊在《采桑子·石竹》中云："古罗衣上金针样，绣出芳妍。"

和石昌言学士官舍十题·葵花

〔宋〕梅尧臣

此心生不背朝日，肯信众草能翳[1]之。
真似节旄[2]思属国，向来零落谁能持[3]。

注释

[1] 翳：遮蔽。

[2] 节旄：符节上装饰用的牦牛尾。《汉书·苏武传》："（苏武）杖汉节牧羊，卧起操持，节旄尽落。"

[3] 向来零落谁能持：百花向来容易凋零，谁能像葵花一样一心向阳，不改节操？

◎冬葵

　　冬葵是锦葵科锦葵属一年生草本植物。冬葵可高达1米，茎被柔毛，不分枝。叶子为圆形，有5~7裂或角裂，裂片为三角状圆形。花为白色，较小，直径仅6毫米。果实为扁球形。种子为肾形，暗黑色。冬葵的花期为6—9月。

　　冬葵在我国古代是常用的蔬菜，《诗经·豳风·七月》中有"七月亨葵及菽"之句。这里的"葵"指的就是冬葵。不过到了明代，已经鲜少有人食用冬葵了。李时珍在《本草纲目》中记载："葵菜古人种为常食，今之种者颇鲜。"

　　冬葵的叶子会随着太阳的移动而调整角度，因此中国古代的诗人们常借咏葵表达其忠君思想，或表示志向、初心不改。如司马光在《客中初夏》中云："更无柳絮因风起，惟有葵花向日倾。"白居易在《江南谪居十韵》中云："葵枯犹向日，蓬断即辞春。"还有杜甫在《自京赴奉先县咏怀五百字》中云："葵藿倾太阳，物性固莫夺。"

　　需要注意的是，很多人因其向日之特点，误以为此葵乃"向日葵"，其实不然。向日葵本非中国原产，传入中国的时间约在明代。可见，唐诗宋词中的葵并非向日葵。

晚泊牛渚 [1]

〔唐〕刘禹锡

芦苇晚风起，秋江鳞甲 [2] 生。
残霞忽变 [3] 色，游雁有余声。
戍鼓 [4] 音响绝，渔家灯火明。
无人能咏史，独自月中行。

注释

[1] 牛渚：牛渚山。《太平寰宇记》："当涂县：牛渚山，在县北三十五里，突出江中，谓为牛渚圻，古津渡处也。"
[2] 鳞甲：江面被晚风吹起的波纹如鳞甲状。
[3] 变：一作"改"。
[4] 戍鼓：戍楼的更鼓声。

◎芦苇

芦苇是禾本科芦苇属多年生草本植物。芦苇的根茎十分发达，秆直立，有20多节。叶鞘长于节间，叶片为披针状线形，长约30厘米，宽约2厘米。芦花为圆锥花序，长20~40厘米，宽约10厘米，有较多分枝，生有很多稠密下垂的小穗。颖果长约1.5毫米。

芦苇通常生于江河湖泽、池塘沟渠沿岸和低湿地，可以在各种有水源的地方迅速繁殖，形成一片芦苇群落。

芦苇有很多功能，秆可以作为造纸原料，可以编席织帘，也可以作为建棚材料；其茎和叶嫩时可以作为动物饲料；其根、茎可以入药；芦苇群还有固堤造陆和净化污水的作用。

在古诗词作品中，芦苇常寄托了诗人悲秋、思乡、惆怅的情感。如吴潜的《南乡子》："野思浩难收，坐看渔舟度远洲。芦苇已凋荷已败，风飕。桂子飘香八月头。归计这回酬，犹及家山一半秋。虽则家山元是客，浮休。有底欢娱有底愁。"此词表达了游子的思乡与悲秋之情。还有许浑在《夜泊永乐有怀》中的"横塘一别已千里，芦苇萧萧风雨多"之句，表达了诗人的离愁和悲凉的心境。

另外，古代很多隐逸的诗人常借芦苇表达他们超脱世俗的淡泊心境。如唐人王贞白在《芦苇》中写道："高士想江湖，湖闲庭植芦。"唐末名家贯休在《秋末入匡山船行八首（其二）》中曾写道："芦苇深花里，渔歌一曲长。"

荻蒲

〔宋〕苏轼

雨折霜乾不耐秋，白花黄叶使人愁 [1]。
月明小艇湖边宿，便是江南鹦鹉洲 [2]。

注释

[1] 雨折霜乾不耐秋，白花黄叶使人愁：写在寒秋中荻蒲的衰败景象。

[2] 鹦鹉洲：王注次公曰："鹦鹉洲在鄂州岸下大江中。"崔颢《黄鹤楼》："晴川历历汉阳树，芳草萋萋鹦鹉洲。"

◎荻

　　荻是禾本科荻属多年生草本植物。秆直立，高1~1.5米，有10多节。叶片细长，通常长20~50厘米，宽5~18毫米，边缘有细细的锯齿。荻花为圆锥花序舒展成伞房状，长10~20厘米，宽约10厘米，主轴上有10~20枚细弱的分枝，上有密集小穗。小穗呈线状披针形，长5~5.5毫米。颖果呈长圆形，长1.5毫米。荻的花果期为8—10月。

　　荻的功能很广泛。春季时，荻的嫩叶可作为喂养牛、羊等动物的草料。荻的茎是一种优质的造纸材料，荻的地下茎可以入药。此外，荻还是一种优良的防沙护坡植物。

　　很多人容易将芦苇与荻混淆，其实二者是有区别的。从外形上看，荻与芦苇虽然比较相似，但芦苇的茎是中空的，比荻更粗、更柔软，且荻的叶片更细长，边缘还有锯齿，可以划破手。从生长环境看，荻既可以生于水边湿地，也可生于山坡、平原，而芦苇通常生长于水中或低湿地。

　　在古诗词中也有很多关于荻的作品，由于荻花开放的时间为秋季，因此诗人们常借荻来表现出萧索、惆怅的心境。如欧阳修在《减字木兰花·伤怀离抱》中写道："扁舟岸侧，枫叶荻花秋索索。细想前欢，须著人间比梦间。"表达了诗人的离愁别绪。李重元在《忆王孙》中云："飕飕风冷荻花秋，明月斜侵独倚楼。"为读者营造出一种萧索清冷的氛围，表达了诗人孤寂忧愁的心境。

满庭芳·红蓼花繁

〔宋〕秦观

　　红蓼花繁，黄芦叶乱，夜深玉露初零[1]。霁天[2]空阔，云淡楚江[3]清。独棹孤篷小艇，悠悠过、烟渚[4]沙汀。金钩细，丝纶慢卷，牵动一潭星。

　　时时，横短笛，清风皓月，相与忘形[5]。任人笑生涯，泛梗飘萍[6]。饮罢不妨醉卧，尘劳事[7]、有耳谁听！江风静，日高未起，枕上酒微醒。

注释

[1] 玉露初零：露水开始滴落。
[2] 霁天：雨后的晴天。
[3] 楚江：泛指楚地（长江中下游地区）的江河。
[4] 烟渚：烟雾笼罩的小洲。
[5] 忘形：不拘形迹。
[6] 泛梗飘萍：漂泊不定。
[7] 尘劳事：尘世间扰乱身心的俗事。

◎红蓼

红蓼是蓼科蓼属一年生草本植物。红蓼高1~2米，茎直立，上部有多分枝。叶子为宽卵形、宽椭圆形或卵状披针形，叶片较大，长10~20厘米，宽5~12厘米。红蓼花为总状花序，呈穗状，长3~7厘米，顶生或腋生，花被5深裂，淡红色或白色。瘦果近圆形，黑褐色，有光泽，包于宿存花被中。红蓼的花期为6—9月，果期为8—10月。

红蓼的茎、叶、花皆适合观赏，可用来绿化、美化庭园。其果实可以入药，名为"水红花子"，有活血、止痛等功效。

红蓼在我国有着悠久的种植历史，早在《诗经》中便有记载。《诗经·郑风·山有扶苏》云"山有桥松，隰有游龙"，其中"游龙"指的便是红蓼。

红蓼多生长于水边、湿地，红蓼花娇俏红艳，深受诗人们的喜爱。白居易在《曲江早秋》中云："秋波红蓼水，夕照青芜岸。"杜牧诗云："犹念悲秋更分赐，夹溪红蓼映风蒲。"晏殊在《浣溪沙》中写道："红蓼花香夹岸稠。绿波春水向东流。小船轻舫好追游。"在这些诗词中，诗人们营造出的意境有的辽阔，有的悲凉，也有的梦幻，而红蓼则为这些意境加入了一抹红艳的色彩，读来让人眼前一亮，尤为生动。

鸡冠花

〔宋〕梅尧臣

秋至天地闭，百芳变枯草。
爱尔得雄名，宛然 [1] 出陈宝。
未甘阶墀 [2] 陋，肯与时节老。
赤玉刻缜栗 [3]，丹芝谢彫槁 [4]。
鲜鲜云叶卷，粲粲凫翁 [5] 好。
由来名实副，何必荣华早。
君看先春花，浮浪难自保。

注释

[1] 宛然：仿佛。
[2] 阶墀：台阶。墀，台阶上的地面，泛指台阶。
[3] 缜栗：细致、坚实。
[4] 彫槁：形容草木凋零、衰败。彫，通"凋"。
[5] 凫翁：雄鸡，此处喻指鸡冠花。

◎鸡冠花

　　鸡冠花是苋科青葙属一年生草本植物。鸡冠花的茎直立、粗壮；叶片为单叶互生，有卵形、卵状披针形或披针形；花多且密，穗状花序，扁平肉质，有鸡冠状、卷冠状等形状，颜色为红色、紫色、黄色、橙色或红黄相间。鸡冠花的花期为7—9月。

　　鸡冠花除了有观赏功能外，还有药用价值。鸡冠花的花和种子皆可入药，能够起到收敛剂的作用，可以用来止血、凉血、止泻。此外，鸡冠花也可食用，烹饪方式多样。

　　在中国古诗词中有很多吟咏鸡冠花的作品。如唐代的罗邺有《鸡冠花》诗："一枝秾艳对秋光，露滴风摇倚砌傍。晓景乍看何处似，谢家新染紫罗裳。"范成大的《鸡冠》写道："号名极形似，摹写与真逼。聊以画滑稽，慰我秋园寂。"

素描——野生鸡冠花

赤玉刻缜栗，丹芝谢彫槁。
鲜鲜云叶卷，粲粲凫翁好。
——〔宋〕梅尧臣

百合花

〔宋〕韩维

真葩 [1] 固自异，美艳照华馆 [2]。
叶间鹅翅黄，蕊极银丝满。
并萼 [3] 虽可佳，幽根独无伴。
才思羡游蜂，低飞时款款 [4]。

注释

[1] 葩：花。
[2] 华馆：华丽的馆舍。
[3] 并萼：并蒂开花。
[4] 款款：缓慢的样子。

◎百合

百合是百合科百合属草本植物。百合的底下鳞茎为球形，直径为2~4.5厘米，地上茎高可达2米，部分有紫纹。叶子为散生，披针形、窄披针形至条形。花单生或几朵成近伞形，花为喇叭形，乳白色，外面有些许紫色，有香气。果实为矩圆形，有棱，有多数种子。百合的花期为5—6月，果期为9—10月。

百合在我国有着悠久的种植历史，且具有药用价值。早在汉代，张仲景就在《金匮要略·百合病篇》中介绍了百合的药用功能。至南北朝时，萧詧便写了一首《咏百合花》："接叶有多种，开花无异色。含露或低垂，从风时偃抑。"赞颂了百合的观赏价值。此外，百合花还可食用，既可炒菜，又可做汤羹，有多种食用方法。

百合在我国原本为野生花卉，后来逐渐变为人工栽培。如宋代诗人陆游在《龟堂杂兴》中写道："方石斛栽香百合，小盆山养水黄杨。老翁不是童儿态，无奈庵中白日长！"

百合花开后有浓郁的香味，这一点在我国的古诗词中多有体现。如南北朝何逊在《七夕诗》中云："月映九微火，风吹百合香。"宋祁在《山樜花》中云："故乡寒食茶醾发，百合香浓邸舍深。"

素描—野生百合

并蒂虽可佳，幽根独无伴。
才思羡游蜂，低飞时款款。
——〔宋〕韩维

浣溪沙·软草平莎过雨新

〔宋〕苏轼

软草平莎[1]过雨新。轻沙走马路无尘。何时收拾耦耕[2]身。日暖桑麻光似泼，风来蒿艾气如薰[3]。使君元[4]是此中人[5]。

注释

[1] 莎（suō）：莎草，又名香附子。

[2] 耦耕：两人并耕。后泛指农事或务农。

[3] 薰：香草。《广韵》："香草曰薰。"

[4] 元：同"原"。

[5] 此中人：作者自谓田野间人。苏轼《书晁说之考牧图后》："我昔在田间，但知羊与牛。"

◎艾

　　艾是菊科蒿属植物，多年生草本或略成半灌木状。艾的植株有浓烈香气，茎单生或少数，上部有少数短分枝，茎与枝皆被灰色柔毛。叶子为厚纸质，茎下部叶子近圆形或宽卵形，羽状深裂，每侧具裂片2~3枚；上部叶与苞片叶羽状半裂、浅裂或不分裂。其花为椭圆形头状花序，花小，多枚在分枝上排成穗状花序或复穗状花序，并在茎上组成圆锥花序。瘦果呈长卵形或长圆形。艾的花果期为7—10月。

　　在我国历代医学典籍中都有很多关于艾的医学作用的记载。艾是"止血要药"，也是妇科常用药，具有温经、去湿、散寒等多种功效，还可制成艾条用来艾灸等。此外，艾草可以制作成杀虫的农药，或可以在房屋中熏烟，起到消毒、杀虫的功效。

　　艾草在我国的种植由来已久，《诗经·王风·采葛》中就有"彼采艾兮，一日不见，如三岁兮"的记载。在我国古代，人们常用艾草来驱毒辟邪。每当端午节的时候，人们都会将艾草悬挂在门上，或将艾草扎成各种形状，佩戴在身上，"以禳毒气"。

　　艾草的嫩叶也可以入馔，宋代诗人韩淲有一篇《昌甫送艾叶饼》，其中写道："我爱郊居者，春芽艾叶长。云春和豆实，雾摘带麻香。杞菊天随旧，蓬蒿仲蔚常。近来关膈病，且得暖枯肠。"

　　在古诗词作品中，也常常会看见艾草的身影。如陈师道在《河上》中云："背水连渔屋，横河架石梁。窥巢乌鹊竞，过雨艾蒿光。"文天祥在《端午即事》中言："五月五日午，赠我一枝艾。"

出塞作 [1]

〔唐〕王维

居延 [2] 城外猎天骄 [3]，白草连天野火烧。

暮云空碛 [4] 时驱马，秋日平原好射雕。

护羌校尉 [5] 朝乘障 [6]，破虏将军 [7] 夜渡辽 [8]。

玉靶 [9] 角弓 [10] 珠勒马 [11]，汉家将赐霍嫖姚 [12]。

注释

[1]《出塞作》：一作《出塞》，题下原注："时为御史监察塞上作。"

[2] 居延：地名，《汉书·武帝纪》颜师古注："居延，匈奴中地名也。韦昭以为张掖县，失之。张掖所置居延县者，以安处所获居延人而置此县也。"

[3] 天骄：指匈奴。

[4] 空碛：空旷的沙漠。

[5] 护羌校尉：武官名，汉武帝所设，"持节以护西羌"。

[6] 乘障：登上城堡御敌。

[7] 破虏将军：汉代武官名。

[8] 渡辽：《汉书·昭帝纪》颜师古注："应劭曰：'当度辽水往击之。故以度辽为官号。"

[9] 玉靶：镶玉的剑柄，代指宝剑。

[10] 角弓：以兽角装饰的良弓。

[11] 珠勒马：配有珠勒的骏马。

[12] 霍嫖姚：霍去病，霍去病曾任嫖姚将军。这里泛指得胜的将军。

◎白草

　　白草是禾本科狼尾草属多年生草本植物。白草的根茎是横走的，其秆直立，单生或丛生，高可达20~90厘米。叶子为狭线形，长10~25厘米，宽5~8毫米。圆锥花序，直立或稍弯曲，长5~15厘米，小穗通常单生，卵状披针形，长3~8毫米。颖果为长圆形，长约2.5毫米。白草的花果期为7—10月。

　　白草多生于海拔800~4600米的山坡和较干燥之处。我国关于白草的记载非常的早，《汉书·西域传》颜师古注曰："白草似莠而细，无芒，其干熟时正白色，牛马所嗜也。"可见，汉代时我国西域已有白草，且白草是非常好的牧草。这一点，在我国的古诗词作品中有很多体现。如李白在《行行且游猎篇》中云："胡马秋肥宜白草，骑来蹀躞何矜骄！"李贺在《马诗二十三首（其十八）》中云："只今掊白草，何日蓦青山？"

　　此外，在很多关于边塞的诗中皆可看到白草的身影。如岑参《白雪歌送武判官归京》中的"北风卷地白草折，胡天八月即飞雪"之句，还有纳兰性德在《水龙吟·题文姬图》中的"对黄沙白草，呜呜卷叶，平生恨，从头谱"之句。

萍

〔唐〕李峤

二月虹初见 [1]，三春蚁 [2] 正浮。
青苹含吹转 [3]，紫蒂带波流。
屡逐明神荐 [4]，常随旅客游。
既能甜似蜜，还绕楚王舟 [5]。

注释

[1] 二月虹初见：《礼记·月令》："季春之月，……虹始见，萍始生。"
[2] 蚁：酒面上的浮沫，此处喻指浮萍。张衡《南都赋》："酒则九酝甘醴，十旬兼清。醪敷径寸，浮蚁若萍。"
[3] 青苹含吹转：战国宋玉《风赋》："夫风生于地，起于青苹之末。"
[4] 明神荐：《左传·隐公三年》：苹蘩蕴藻之菜，"可荐于鬼神，可羞于王公"。
[5] 既能甜似蜜，还绕楚王舟：《孔子家语·致思》记载：楚昭王渡江，见物大如斗，圆而赤，直触王舟。取之，使人往鲁问孔子。孔子曰："此所谓萍实者也，可剖而食之，吉祥也，唯霸者为能获焉。"王又遣使问孔子何以知之，孔子曰：吾昔闻童谣，谓"楚王渡江得萍实，大如斗，赤如日。剖而食之甜如蜜"。吾是以知之。

◎浮萍

　　浮萍是浮萍科浮萍属飘浮植物。浮萍表面为绿色，背面为浅黄色、绿白色或紫色，近圆形、倒卵形或倒卵状椭圆形，长1.5~5毫米，宽2~3毫米。背面垂生1条丝状根，白色，3~4厘米长。雌花具1枚弯生胚珠，果实近陀螺状，种子具凸出的胚乳并具12~15条纵肋。

　　浮萍常生于水田、池沼和各种静水中，形成漂浮群落密布水面。浮萍可作为猪、鸭子的饲料，也可作为草鱼的饵料。此外，浮萍还可入药，具有发汗、清热等功效。

　　在古诗词作品中，诗人们常以浮萍形容人生的漂泊无根，聚散无常。如文天祥在《过零丁洋》中的"山河破碎风飘絮，身世浮沉雨打萍"之句，表达了在山河破碎之时个人命运的渺小，如浮萍般飘零。葛长庚在《沁园春》中云："暂聚如萍，忽散似云，无可奈何。"表达了诗人对人生无常的慨叹。

　　两片浮萍在漂浮群落中的相遇皆是偶然的，也是不由己的，于是有了"萍水相逢"这个词。如王勃在《滕王阁序》中写道："关山难越，谁悲失路之人？萍水相逢，尽是他乡之客。"石孝友在《一剪梅·送晁驹父》中写道："萍水相逢无定居。同在他乡，又问征途。"

国风·陈风·泽陂 [1]

〔先秦〕《诗经》

彼泽之陂，有蒲与荷。有美一人，伤如之何？寤寐无为 [2]，涕泗滂沱 [3]。

彼泽之陂，有蒲与蕳 [4]。有美一人，硕大且卷 [5]。寤寐无为，中心悁悁 [6]。

彼泽之陂，有蒲菡萏。有美一人，硕大且俨 [7]。寤寐无为，辗转伏枕。

注释

[1] 陂：水边障水的堤岸。

[2] 寤寐无为：醒着或睡着都不知所为。寤，醒着。寐，睡着。

[3] 涕泗滂沱：形容泪如雨下的样子。涕泗，眼泪与鼻涕。

[4] 蕳：莲子，指莲花，一说兰草。

[5] 卷：通"鬈"，美好。

[6] 悁（yuān）悁：忧闷的样子。

[7] 俨：庄重。

◎香蒲

　　香蒲是香蒲科香蒲属多年生草本植物。香蒲的根状茎为乳白色，地上茎较粗壮，向上渐细。叶片为条形，长40~70厘米，宽0.4~0.9厘米。香蒲的雌雄花序紧密连接，雄花序长2.7~9.2厘米，雌花序长4.5~15.2厘米。小坚果为椭圆形或长椭圆形，果皮上有长形的褐色斑点。种子为褐色，微弯。香蒲的花果期为5—8月。

　　香蒲通常生于水中或沼泽中，具有较高的经济价值。香蒲的叶片可用来编织、造纸等；花粉可以入药，被称为蒲黄；花序可用来作为枕芯或坐垫等的填充物；其嫩叶基部和根茎还可以作为食物。此外，香蒲还可作为观赏植物。

　　香蒲在我国种植历史悠久，在《诗经》中有很多篇关于香蒲的诗歌。如《诗经·大雅·韩奕》中写道："其殽维何？炰鳖鲜鱼。其蔌维何？维笋及蒲。"可见，在先秦时期，香蒲已经是宴席中的菜肴了。直至今日，人们依然可以在餐桌上看到香蒲的身影。

　　而在诗词作品中，香蒲也是诗人们的心中所爱。如《孔雀东南飞》中那句著名的"君当作磐石，妾当作蒲苇。蒲苇韧如丝，磐石无转移"。以香蒲象征坚韧的爱情。徐夤曾为香蒲写诗云："濯秀盘根在碧流，紫茵含露向晴抽。编为细履随君步，织作轻帆送客愁。"既表现了香蒲的美，也赞颂了香蒲的功能。

第三篇　藤本植物

· TENGBEN ZHIWU

和王仲仪二首·凌霄花

〔宋〕梅尧臣

草木不解行^[1]，随生自有理。
观此引蔓柔，必凭^[2]高树起。
气类^[3]固未合^[4]，萦缠岂由己。
仰见苍虬^[5]枝，上发彤霞蕊。
层霄不易凌，樵斧谁家子^[6]。
一日摧作薪，此物当共委。

注释

[1] 解行：佛学用语，理解与修行。
[2] 凭：倚，靠着。
[3] 气类：意气相投者。
[4] 未合：一作"有合"。
[5] 苍虬：青色的龙，此处比喻树木盘曲的枝干。
[6] 谁家子：一作"者谁子"。

◎凌霄

　　凌霄是紫葳科凌霄属藤本植物。凌霄的茎为木质，枯褐色，可攀附于他物之上。叶子为对生，奇数羽状复叶，小叶形状为卵形或卵状披针形。凌霄花花萼为钟形，花冠的里面为鲜红色，外面为橙黄色。果实为蒴果。凌霄花的花期为5—8月。

　　凌霄又名"苕华""紫葳"，在我国的种植历史非常悠久，早在《诗经》中已有关于凌霄花的记载。《诗经·小雅·苕之华》中言"苕之华，芸其黄矣"，其中"苕"指的就是凌霄花。

　　作为藤本植物，凌霄的特性就是需要附在其他植物或物品上生长。李时珍在《本草纲目》中记载：凌霄"附木而上，高数丈，故曰凌霄"。我国的诗人们在诗词作品中，常常借凌霄花勇于攀登的特性来表达自己的凌云壮志。如宋代的贾昌朝在《咏凌霄花》中写道："披云似有凌云志，向日宁无捧日心。珍重青松好依托，直从平地起千寻。"陆游在《凌霄花》中也曾写道："古来豪杰少人知，昂霄耸壑宁自期？"

　　可凌霄也曾因"附木而上"的特点受到诗人的贬损。如白居易曾作《有木诗八首》，其中第七首写的就是凌霄，他认为凌霄"托根附树身，开花寄树梢。自谓得其势，无因有动摇""寄言立身者，勿学柔弱苗"。

　　回归植物本身，凌霄是一种非常美的观赏植物。李渔在《闲情偶记》中认为藤花"望之如天际真人"。宋人晁补之在《永遇乐》中写道："苍苔径里，紫葳枝上，数点幽花垂露。"为我们呈现了一幅美好的凌霄花图。

素描——野凌霄

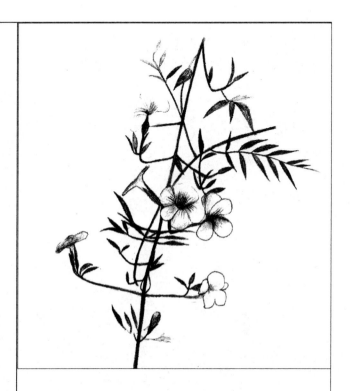

层霄不易凌，樵斧谁家子。
一日摧作新，此物当共委。
　　　　——〔宋〕梅尧臣

题张十一 [1] 旅舍三咏·蒲萄

〔唐〕韩愈

新茎未遍半犹枯，高架支离 [2] 倒复扶。
若欲满盘堆马乳 [3]，莫辞添竹 [4] 引龙须 [5]。

注释

[1] 张十一：张署，韩愈的好友。贞元十九年（803），韩愈与张署皆被贬，元和二年（807），二人被赦，同赴江陵待命，在旅社中韩愈写下此诗与张署共勉。

[2] 支离：指葡萄架分散倒塌之状。

[3] 马乳：指葡萄。《蜀本草》："蒲萄有似马乳者。"

[4] 添竹：在葡萄架上增插竹子。

[5] 龙须：葡萄的藤蔓弯曲，形似龙须，因此用来喻指葡萄藤蔓。

◎葡萄

葡萄是葡萄科葡萄属的藤本植物。小枝为圆柱形，葡萄藤蔓需作架支撑攀缘。叶子为宽卵圆形，3~5裂，叶边有较深的锯齿。花为圆锥花序，花小且多。果实成串多粒，为球形或椭圆形，直径1.5~2厘米，种子为倒卵形。葡萄的花期为4—5月，果期在8—9月。

葡萄是一种非常美味的水果，酸甜可口，可以制成葡萄干、葡萄酒。葡萄的根和藤还可入药，可止呕、安胎。

葡萄在世界上是一种非常古老的树种，虽非原产于中国，但传入中国的时间却非常早。《史记·大宛列传》记载，张骞出使西域，"宛左右以蒲陶为酒，富人藏酒至万余石，……汉使取其实来，于是天子始种苜蓿、蒲陶肥饶地。"可见，汉武帝时期，葡萄已传入中国。

葡萄藤树姿优美，果实美味甘甜，深受古代文人墨客的喜爱，他们的诗词作品中有很多歌咏葡萄的佳句。如唐彦谦的《咏葡萄》："西园晚霁浮嫩凉，开尊漫摘葡萄尝。"刘禹锡的《葡萄歌》："野田生葡萄，缠绕一枝高。"陆游的《秋思》："露浓压架葡萄熟，日嫩登场稉稏香。"

我国的文人骚客中多有爱酒者，古诗词中赞颂葡萄酒的佳作更是数不胜数。如西晋陆机在《饮酒乐》中云："葡萄四时芳醇，琉璃千钟旧宾。"李白的《对酒》："蒲萄酒，金叵罗，吴姬十五细马驮。"还有王翰《凉州词》中著名的那一句："葡萄美酒夜光杯，欲饮琵琶马上催。"

牵牛花

〔宋〕危稹

青青柔蔓绕修篁^[1]，刷翠^[2]成花著处芳。
应是折从河鼓^[3]手，天孙^[4]斜插鬓云香。

注释

[1] 修篁：修竹。
[2] 刷翠：将牵牛花染成翠蓝色。
[3] 河鼓：牵牛星，指神话传说中的牛郎。
[4] 天孙：织女星，指神话传说中的织女。

◎牵牛花

牵牛是旋花科牵牛属一年生缠绕草本。牵牛的叶子为宽卵形或近圆形，有深或浅的3裂，偶有5裂。花腋生，通常1朵或2朵生于花序梗顶，花冠为漏斗状，蓝色或紫红色。蒴果为近球形，种子呈卵状三棱形。

牵牛的种子是常用的中药，称为丑牛子，具有泻水利尿、逐痰、杀虫的功效。

牵牛花，又名"喇叭花"，因花朵的形状似喇叭而得名。牵牛花的茎蔓攀缘缠绕生长，因此人们常将它种植在篱笆或墙外，不仅美观，还有遮阴的效果。牵牛花通常在凌晨开放，待到阳光非常烈的时候，花朵便会萎缩。

牵牛花娇俏可爱，茎蔓柔软优美，深得诗人们的喜爱，因此古诗词中有很多咏牵牛的作品。其中杨万里便作过《牵牛花三首》来吟咏牵牛花，其中一首云："素罗笠顶碧罗檐，脱卸蓝裳著茜衫。望见竹篱心独喜，翩然飞上翠琼簪。"宋人徐橘隐亦有一首《秋日》："红蓼黄花取次秋，篱芭处处碧牵牛。风烟入眼俱成趣，只恨田家岁薄收。"

此外，牵牛花因"牵牛"之名，容易让人联想起牵牛星与织女星的神话传说，因此诗人们总爱在诗词中以牛郎织女的传说来喻指牵牛花之美。如秦观的《牵牛花》："银汉初移漏欲残，步虚人倚玉阑干。仙衣染得天边碧，乞与人间向晓看。"

素描——牵牛花

青青柔蔓绕修篁，刷翠成花著处芳。
应是折从河鼓手，天孙斜插鬓云香。
　　　　　　　　——〔宋〕危稹

紫藤树

〔唐〕李白

紫藤挂云木 [1]，花蔓宜 [2] 阳春 [3]。
密叶隐歌鸟，香风留美人。

注释

[1] 挂云木：指紫藤缠绕在高耸入云的大树上。

[2] 宜：相适宜，相得益彰。

[3] 阳春：明媚的春光。

◎紫藤

紫藤是豆科紫藤属落叶藤本植物，长达 20 米。紫藤的茎左旋，较粗壮。叶子为羽状复叶，长 15~25 厘米，先端小叶较大，后有小叶 3~6 对，卵状椭圆形至卵状披针形。总状花序长 15~30 厘米，花芳香，花冠紫色，旗瓣为圆形，花开后反折。荚果长 10~15 厘米，宽 1.5~2 厘米，为线状倒披针形，成熟后不脱落。种子有 1~3 粒，褐色，圆形。紫藤的花期为 4 月中旬至 5 月上旬，果期在 5—8 月。

紫藤是一种优美的攀缘植物，《花经》记载："紫藤缘木而上，条蔓纠结，与树连理，瞻彼屈曲蜿蜒之状，有若蛟龙出没于波涛间；仲春着花，披垂摇曳，宛如璎珞坐卧其下，浑可忘世。"

紫藤具有药用功能，其花与皮皆可入药，具有解毒、止吐止泻等功能，《本草拾遗》中就有关于紫藤的记载。

紫藤花又称为"藤花菜"，可以食用，灾荒年间可用来果腹。如今在北方，还有很多用紫藤入馔的菜，如"紫藤糕""紫藤饼"等。

我国古代的文人雅士中有很多爱紫藤者，他们为紫藤写下了很多优美的诗篇。如李白在《紫藤树》中云："紫藤挂云木，花蔓宜阳春。"还有李德裕在《潭上紫藤》中写道："遥忆紫藤垂，繁英照潭黛。"这些诗句都让我们感受到了紫藤独特的美。

素描—紫藤

紫藤挂云木，花蔓宜阳春。
密叶隐歌鸟，香风留美人。
——〔唐〕李白

国风·唐风·葛^[1]生

〔先秦〕《诗经》

> 葛生蒙^[2]楚^[3]，蔹^[4]蔓于野。予美亡^[5]此，谁与^[6]？独处！
> 葛生蒙棘^[7]，蔹蔓于域^[8]。予美亡此，谁与？独息^[9]！
> 角枕^[10]粲^[11]兮，锦衾^[12]烂^[13]兮。予美亡此，谁与？独旦^[14]！
> 夏之日，冬之夜^[15]。百岁之后^[16]，归于其居^[17]。
> 冬之夜，夏之日。百岁之后，归于其室^[18]。

注释

[1] 葛（gé）：多年生草本植物，茎蔓生，其纤维可以织布。
[2] 蒙：覆盖，掩盖。
[3] 楚：一种丛生落叶灌木，又名荆。
[4] 蔹（liǎn）：一种蔓生草本植物。
[5] 亡：无，去，指不在人世。
[6] 与：共，陪伴。
[7] 棘：酸枣树。
[8] 域：坟茔，墓地。
[9] 息：寝息。
[10] 角枕：用角装饰的枕头。
[11] 粲：鲜明的样子。
[12] 锦衾：锦缎的被子。
[13] 烂：色彩鲜明的样子。
[14] 独旦：独处至天明。
[15] 夏之日，冬之夜：指度日如年。
[16] 百岁之后：死后。
[17] 居：坟墓。
[18] 室：墓室。

◎葛

葛是豆科葛属多年生藤本植物。葛长可达 8 米，茎的基部为木质，全体被黄色长硬毛。叶子为羽状复叶具 3 片小叶，顶生小叶为宽卵形或斜卵形，侧生小叶为斜卵形，稍小。总状花序长 15~30 厘米，花序轴的节上聚生 2~3 朵花，花萼为钟形，花冠为紫色，旗瓣为倒卵形，基部有 2 耳及一黄色硬痂状附属体。荚果为长椭圆形，扁平。葛的花期为 9—10 月，果期在 11—12 月。

葛是我国的传统中药材，其根、茎、花、叶皆可入药，葛根具有解表退热、生津止渴、止泻等功能。此外，葛根还可以制作成葛粉。葛粉可食用，具有保健的效果，还可以用来解酒。

葛的茎皮纤维可用来织布和造纸。葛布可用来制作葛衣、葛巾、葛履等服饰。《诗经·魏风·葛屦》中就有"纠纠葛屦，可以履霜"的诗句，《韩非子·外储说左下》中也有"冬裘裘、夏葛衣"的记载。《宋书·陶潜传》记载："郡将候潜，值其酒熟，取头上葛巾漉酒，毕，还复著之。"

葛在我国种植历史悠久，在我国的诗词作品中，也有很多关于葛的诗句，特别是《诗经》中多有对葛的描写。除了前面举过的例子，《诗经·周南·葛覃》中有"葛之覃兮，施于中谷，维叶萋萋"之句。此外，梅尧臣在《会胜院沃洲亭》中有"葛花葛蔓无断时，女萝莫翦连古枝"之句，辛弃疾在《菩萨蛮·葛巾自向沧浪濯》中有"葛巾自向沧浪濯，朝来漉酒那堪著"之句。

踏莎行·雨霁[1]风光

〔宋〕欧阳修

雨霁风光，春分[2]天气。千花百卉争明媚。画梁[3]新燕一双双，玉笼鹦鹉愁孤睡。

薜荔依墙，莓苔[4]满地。青楼几处歌声丽。蓦然旧事上心来，无言敛皱眉山[5]翠。

注释

[1] 雨霁：雨后天晴。
[2] 春分：二十四节气之一。
[3] 画梁：有彩绘装饰画的屋梁。
[4] 莓苔：青苔。
[5] 眉山：指女子的眉。

◎薜荔

薜荔是桑科榕属常绿藤本植物。薜荔的叶子有两型，不结果的枝节上的叶子为卵状心形，薄革质；结果的枝上的叶子为卵状椭圆形，革质。薜荔是雌雄异株植物，花是生于果实之中的。瘿花为果梨形，雌花果近球形，果实幼时有黄色短柔毛，成熟后为黄绿色或微红色。雄花生于果实内壁口部，瘿花的花柱较短；雌花生于雌株榕果内壁，花柱较长。瘦果为近球形，有黏液。薜荔的花果期为5—8月。

薜荔是攀缘性或匍匐灌木，常生长于林间的石上或树上。薜荔又名"凉粉子"，其雌果可以制成凉粉食用；薜荔的藤、果、叶皆可以入药，具有祛风、利湿等多种功效。此外，薜荔的攀缘与生存能力较强，四季常青，具有较高的绿化与观赏价值。

薜荔在我国的种植历史非常悠久，早在先秦时期，屈原就曾在诗歌中多次提到薜荔。如在《九歌·湘君》中有"薜荔柏兮蕙绸，荪桡兮兰旌""采薜荔兮水中，搴芙蓉兮木末"之句，在《九歌·山鬼》中有"若有人兮山之阿，被薜荔兮带女萝"之句。

在古诗词作品中，亦有很多关于薜荔的描写。如柳宗元在《登柳州城楼寄漳汀封连四州刺史》中写道："惊风乱飐芙蓉水，密雨斜侵薜荔墙。"陆游在《喜雨》中有"芭蕉抽心凤尾长，薜荔引蔓龙鳞苍"之句。

余杭

〔宋〕范成大

春晚山花各静芳^[1]，从教^[2]红紫^[3]送韶光^[4]。
忍冬清馥^[5]蔷薇酽^[6]，薰满千村万落香。

注释

[1] 静芳：恬静而芬芳。
[2] 从教：任凭。
[3] 红紫：指山花。
[4] 韶光：美好的时光。
[5] 清馥：清香。
[6] 酽（yàn）：味道浓。

◎忍冬

忍冬是忍冬科忍冬属半常绿藤本植物。忍冬的幼枝为暗红褐色，有黄褐色绒毛。叶子为纸质，多为卵形至矩圆状卵形，叶片上面为深绿色，被短柔毛，下面为浅绿色，无毛。花通常成对生于叶腋，花冠为唇形，初开时为白色，后变为黄色，雄蕊与花柱皆高于花冠。果实为圆形，成熟后为蓝黑色。种子为卵圆形或椭圆形，褐色。忍冬的花期为4—6月，果熟期在10—11月。

忍冬又名"金银花"，其藤蔓可架于庭院篱笆或栅栏间，姿态优美，花香清甜，具有非常高的观赏价值。

忍冬还是我国传统的常用中药，在《神农本草经》中就有关于忍冬的药用记载。忍冬性甘寒，具有清热解毒、消炎退肿等功效，可用来治疗细菌性痢疾和各种化脓性疾病。

忍冬还有一个别名叫"鹭鸶藤"，金代文学家段克己曾在诗中写道："有藤名鹭鸶，天生匪人育。金花间银蕊，翠蔓自成簇。褰裳涉春溪，采采渐盈掬。药物时所需，非为事口腹。"将忍冬的特征尽数点明。

渔家傲·踏破草鞋参[1]到了

〔宋〕黄庭坚

踏破草鞋参到了，等闲拾得衣中宝。遇酒逢花须一笑。长年少，俗人不用嗔贫道[2]。

何处青旗[3]夸酒好，醉乡路上多芳草。提着葫芦行未到。风落帽，葫芦却缠葫芦倒。

注释

[1] 参：参禅，悟道。
[2] 贫道：和尚的自谦称谓。
[3] 青旗：酒旗。

◎葫芦

葫芦是葫芦科葫芦属一年生藤本植物，葫芦的茎和枝上有沟纹，被黏质长柔毛，老去后柔毛会逐渐脱落。葫芦的叶子为卵状心形或肾状卵形，长与宽皆为10~35厘米，有的不分裂，有的3~5裂，边缘有不规则的锯齿。葫芦有纤细的卷须，嫩时有柔毛，后逐渐脱落。葫芦的花是雌雄同株，雌花与雄花皆为单生。雄花的花冠为黄色，裂片皱波状，雌花的花萼与花冠与雄花相似。葫芦的果实初为绿色，后来变成白色至带黄色，果实的形状中间较细，上下两部分较大，上部大于下部，成熟后果皮变为木质。种子为倒卵形或三角形，白色。葫芦的花期在夏季，果期在秋季。

葫芦的果实在幼嫩的时候可作为蔬菜，且有很多吃法。元代王祯《农书》说："瓠之为用甚广，大者可煮作素羹，可和肉煮作荤羹，可蜜煎作果，可削条作干……"又说："瓠之为物也，累然而生，食之无穷，烹饪咸宜，最为佳蔬。"

葫芦完全成熟后，外壳变成木质，内部中空，可作为各种容器，如水瓢、酒壶、乐器等。

此外葫芦还可以入药，具有利水消肿、清热解毒、通淋等效果，可治疗腹胀、黄疸等疾病。

葫芦在我国的种植历史非常悠久，是一种古老的蔬菜。在我国早期文献中，常将葫芦称为瓠、匏或壶等。如《诗经·豳风·七月》中记载："七月食瓜，八月断壶。"《诗经·小雅·南有嘉鱼》中记载："南有樛木，甘瓠累之。"

葫芦在中国有着很多美好、吉祥的寓意，在我国

◎葫芦	是最古老的吉祥物之一。在我国的神话故事中，有很多关于葫芦的传说。如寿星南极仙翁的拐杖上就系着一个葫芦，代表了长寿与安康。还有八仙之一的铁拐李也有一个葫芦，他的葫芦中装有"灵丹妙药"，在他周游四方时，可用来治病救人。《后汉书·方术列传·费长房》中还记载了一个故事，说汉代时，河南一带发生瘟疫，有一位老者来到这里，在门前悬挂了一个药葫芦，治病救人。后来费长房发现老者有异能，便拜他为师，从老者那里学得医术。再后来，人们便以"悬壶济世"指医者治病救人。 　　我国古代诗人也有很多偏爱葫芦者，写下了很多赞颂葫芦的诗词作品。如宋代张继先在《点绛唇》中写道："小小葫芦，生来不大身材矮。子儿在内。无口如何怪。藏得乾坤，此理谁人会。腰间带。臣今偏爱。胜挂金鱼袋。"

终

诗歌中的植物